LE MENDIANT
DE JÉRUSALEM

DU MÊME AUTEUR

ÉLIE WIESEL

LE MENDIANT
DE JÉRUSALEM

récit

ÉDITIONS DU SEUIL
27, rue Jacob, Paris VIe

Pour Marion

Extrait d'un carnet de voyage :

« La guerre est finie et, dans le tumulte, je cherche la joie sans la trouver. Je ne rencontre que des êtres au visage grave, au regard blessé. Ebranlés par l'expérience qu'ils viennent de vivre, on dirait qu'ils n'arrivent pas à en saisir les implications. Elle semble se situer au niveau de la légende autant que de l'Histoire. L'accumulation d'angoisse et de colère avant le déchaînement, le renversement des rôles : tout s'est passé trop vite, trop brusquement. Vainqueurs et vaincus auront besoin de temps pour reprendre haleine et aussi pour cerner le sens et la portée de l'événement. David a vaincu Goliath et se demande maintenant comment il a fait : nul ne le sait, et lui-même moins que les autres. Son étonnement, plus que sa victoire, devrait susciter l'admiration autant que l'espoir. »

...Ces lignes datent de juin 1967. Elles furent notées en Terre Sainte pendant que des hommes, loin de leurs foyers, étaient encore occupés à enterrer leurs camarades tombés à l'ennemi. Pourquoi y étais-je venu ? Pour me joindre au combat ? Non. Je n'ai jamais été soldat. Et puis le pays n'était plus en danger. La décision de m'y rendre, je l'avais prise bien avant. Plus exactement : pendant la période de tension précédant les hostilités.

C'est que, sans oser me l'avouer, je redoutais la possibilité d'une catastrophe. J'avais moins de foi que les Israéliens. Plus qu'eux, je prenais au tragique les forces qui ouvertement s'apprêtaient à les anéantir. Pour défendre leur droit

9

à la vie, ils ne pouvaient compter sur personne. Ils étaient seuls. Comme jadis, en Europe, au temps de la nuit.

Quant aux vagues promesses et conseils des gouvernements amis ou neutres, nous savions à quoi nous en tenir. L'indifférence des uns valait la grandiloquence puérile des autres. Dans le camp arabe, on y voyait un signe d'encouragement ou de complicité tacites. On invoquait la guerre sainte, la guerre totale. A un journaliste parisien qui lui demandait si la guerre allait résoudre le problème juif en Palestine, Ahmed Choukairy, réputé pour sa franchise, répondit sans hésitation : après la guerre, il n'y aura plus de problème juif.

Et, comme vingt-cinq ans plus tôt, le Vatican gardait le silence. Le monde se taisait. Que les Juifs se fassent massacrer ; on les pleurerait après. Cela tenait du cauchemar. Israël, c'était le ghetto. La guerre rappellerait la révolte des survivants juifs de Varsovie. Les habitants résisteraient jusqu'à la fin et, fidèles à leurs traditions, les nations dites chrétiennes, civilisées et progressistes, regarderaient et laisseraient faire. Et, pour nous, tout resterait à recommencer, sauf que nous n'aurions plus la force ni le désir de recommencer. Voilà pourquoi tant de jeunes brûlaient d'aller en Israël. Par désespoir autant que par solidarité avec les victimes déjà prises dans l'étau. Plutôt que de survivre à leur rêve, ils préféraient mourir avec les derniers de ses défenseurs.

Puis le malheur fut écarté et se métamorphosa en victoire. Plongés subitement dans l'irréel, les gens évoluaient en dehors du temps et croyaient délirer. On ne savait plus quel jour on était de la semaine, du mois, du siècle. Parfois, on avait l'impression de revivre les épreuves et les victoires de la Bible : les noms et les batailles rendaient un son familier. D'autres fois on se sentait projeté en avant, dans un avenir lointain, messianique.

— Comprenez-vous vraiment, réellement, ce qui vient de se passer ? avais-je demandé au général Itzchak Rabin, ancien commandant en chef de l'armée israélienne et vainqueur de sa guerre de Six Jours.

Il réfléchit un long moment avant de répondre :
— Non, je ne comprends pas encore.
Quelque chose dans cette guerre lui échappait et comportait une part de mystère. Nombreux sont les généraux qui lui firent écho. Est-ce à dire qu'ils n'étaient pas sûrs de remporter la partie ? Ils l'étaient. Pour Israël, ce n'était pas une question d'honneur ou d'humiliation, mais de vie ou de mort. La victoire, Israël en avait besoin pour survivre. Mais les qualités militaires ou humaines de ses combattants, la bravoure et l'abnégation dont ils avaient fait preuve, ne suffisent pas à expliquer cette victoire. Il y eut autre chose et j'ignore quoi. Je sais seulement que cette guerre n'était pas comme les autres. Les vainqueurs auraient d'ailleurs préféré s'en passer. Tristes, sans haine et sans orgueil, ils ont regagné leurs demeures, déconcertés, repliés sur eux-mêmes, comme s'interrogeant sur les racines de leur secret. Ces vainqueurs-là, le monde n'en a pas connu de pareils.

Bien sûr, avec le temps, les souvenirs s'estompent, les surprises cessent de nous émouvoir. Le quotidien a repris ses droits. On oublie trop vite.

On oublie que, par sa parenté intrinsèque avec l'Holocauste, cet événement a eu une dimension morale et peut-être mystique. Je l'ai compris, moi, le jour où, me trouvant dans la vieille ville de Jérusalem, j'ai vu des milliers d'hommes et de femmes défiler devant le Mur, seul vestige du Temple. Je fus frappé par l'étrange recueillement qui les pénétrait. Soudain je crus les reconnaître, les vivants mêlés aux morts, venus des quatre coins de l'exil, libérés de tous les cimetières, de toutes les mémoires. Certains semblaient sortir de mon enfance, d'autres de mon imagination. Les fous muets et les mendiants rêveurs, les maîtres et leurs disciples, les chantres et leurs alliés, les justes et leurs ennemis, les ivrognes et les conteurs, les enfants morts et immortels, tous les personnages de tous mes livres, eh oui, ils m'avaient suivi ici pour faire acte de présence et témoigner comme moi, à travers moi ! Puis ils se quittèrent et je dus les appeler pour les réunir à nouveau.

Cette histoire, il faudrait la raconter depuis le commencement. Seulement le commencement a sa propre histoire, son propre secret. C'est ainsi, cela l'a toujours été, et l'homme n'y peut rien. La mort elle-même n'a pas de pouvoir sur le commencement. C'est un mendiant qui vous le dit, il sait de quoi il parle.

Vous le voyez ? Assis sur un tronc d'arbre, pelotonné à l'écart, comme s'il attendait quelqu'un ; il scrute les passants, on dirait que c'est pour les provoquer ou les démasquer. Qui cherche-t-il dans la foule ? Un complice traqué, un adversaire oublié ? Le sait-il ? Peut-être, Katriel, malgré tout ? Katriel : blessure plus récente, fantôme plus acharné que les précédents. Ah non, il n'en a pas encore fini avec celui-là ! Mais ne le bousculez pas. Patience. Chaque chose en son temps. Vivant ou mort, Katriel reprendra sa place dans le récit. Pas encore. Plus loin. Après le départ du dernier des usurpateurs. Vous verrez.

D'ici là, approchez sans crainte : l'homme ne vous veut aucun mal, ne vous jettera aucun sort. Son regard vous gêne ? Il ne lui appartient pas. Ses lèvres remuent ? Il se répète les histoires entendues ou vécues la veille, la semaine d'avant, le siècle d'avant : il ne se souvient plus quand. Le temps, pour lui, ne compte pas.

Peut-être est-ce le moment de vous prévenir : s'il vous paraît étrange, c'est qu'il a la mémoire malade. Une sorte de tumeur. Elle absorbe et fait siennes images et paroles sans les filtrer. Cela arrive. Il se souvient des événements sans les dater. Il sait que la guerre est finie ; mais il ignore laquelle. Il en souffre et il en a honte : il a besoin d'aide.

Il vous fait signe. Vous le voyez maintenant ? C'est lui. C'est moi.

On m'appelle David. Comme mon grand-père. Sauf que lui, sur les photos, avait une barbe blanche et soignée, tandis que la mienne est noire et hirsute, du moins je le pense.

David : comme le roi conquérant. Sauf que lui aimait se battre et chanter ; moi je ne sais que rêver. Mais comme lui, j'aime les nuages, les montagnes en feu, surtout à l'heure du crépuscule, ou de l'aube, lorsque pris d'inquiétude, les êtres s'agitent, se fuient et se retrouvent dans le noir ou la lumière. L'heure est la même, l'appel est le même ; il n'y a que l'homme qui change. C'est pourquoi il a peur ; l'étranger en lui l'effraie. En moi, il m'amuse : je suis hors de son atteinte. Il ne veut pas de moi. Il se peut que je sois son jouet, non sa proie.

Est-ce que je fais plus jeune ou plus vieux que mon âge ? Plus jeune ou plus vieux que Katriel ? Ne vous fiez pas aux apparences. Moi-même je m'en méfie ; pourtant je m'en nourris. Tenez : je vous observe, je vous parle, mais je ne suis sûr de rien. Pas même du moment qui nous réunit, vous et moi. Projeté dans l'avenir, je me sens déborder de pitié. Egaré dans le présent, je ne cherche qu'à m'en sortir. Je m'accroche aux autres pour disparaître avec eux. Mais je remonte toujours à la surface : expulsé du temps, non de l'histoire.

Une image : mille cavaliers, sabre au clair, déferlent sur moi en hurlant leur haine et leur soif de vengeance. Pour leur échapper, je fais le mort. Qui sont-ils ? Des Croisés, des Cosaques, des paysans fanatisés, avides d'aventure et de sang ? Vivant, je suis leur ennemi ; mort, je deviens leur dieu. C'est donc pour le salut de mon âme, pour l'éternité de ma gloire, qu'ils s'acharnent à vouloir me supprimer. Mais ils n'y réussissent point. Ma mémoire est autrement plus forte qu'eux, et cela, ils devraient le savoir déjà. Plus ils la frappent et plus elle leur résiste. Ils la disent encombrante et ils ont raison. Ils redoutent ses sursauts, ses accès de fièvre ; je les comprends. Ils jouent, et c'est elle qui leur dicte les règles du jeu. Ils se croient chasseurs et ils le sont ; mais ils sont aussi le gibier.

Approchez donc. Le mendiant ne vous prendra que ce qui lui appartient. D'ailleurs, ce n'est pas un vrai mendiant. Il ne quémande pas, ne demande rien, ni aux hommes, ni au ciel. Les signes qu'il leur arrache, il les leur rend. Comment il s'arrange pour vivre et survivre ? Drôle de question. La nuit, je vis avec les fous, les illuminés, les vagabonds en tous genres. On ne les voit guère pendant la journée. Trop occupés. Trop timides aussi. Les gens se moquent d'eux ou les prennent en pitié. Quiconque éprouve le besoin de rire ou d'accomplir une action charitable, les choisit comme cible. Certes, ce rôle leur convient et ils l'acceptent de bonne grâce, mais jamais en groupe. Car ils semblent beaucoup tenir à l'opinion, au respect de leurs semblables. Je n'en connais pas de plus fiers ni de plus loyaux. Membres d'une confrérie secrète, tenus par un règlement rigoureux, ils s'entraident et font front commun. N'essayez pas de les duper ; ils savent se défendre. Leur code est indéchiffrable aux non-initiés ; ils s'en servent pour se transmettre renseignements et consignes d'ordre pratique : éviter untel, il est de mauvaise humeur ce matin ; amadouer tel autre, il vient de faire fortune. Ils ont des yeux et des oreilles partout : rien ne leur échappe. Les replis cachés de la société leur sont ouverts ; ils n'en abusent point. Ils pourraient s'enrichir en s'adonnant au chantage ou au commerce ; ils n'y tiennent pas. La gloire et la richesse ? Trop faciles à acquérir. Recevoir est plus difficile. Les pauvres de Jérusalem resteront pauvres jusqu'à la fin de leurs jours.

Vous aimeriez les rencontrer ? Soit. Tout de suite ? Il est encore tôt. Le soir les amènera. Vous les retrouverez accroupis en demi-cercle, à même le sol, non loin du Mur incrusté dans la nuit. Revêtus de leurs masques, ils évoqueront les hostilités à peine terminées. A les croire, c'est à eux que reviendrait l'honneur de la victoire.

Vous les entendrez, vous jugerez. Mais vous n'entendrez

pas Katriel. Vous ne le verrez pas. Je regrette. Je vous parlerai de lui, mais vous ne ferez pas sa connaissance. Disparu en pleine bataille, on l'a cherché pendant des semaines dans les hôpitaux et les fosses communes. Puis on a abandonné les recherches. On rouvrira un jour son dossier. On s'étonnera : toujours pas de trace de Katriel ? Je répondrai : sa trace, c'est moi.

C'était mon ami. Nous avons fait la guerre ensemble. Lui n'est pas revenu. Il s'agit maintenant de l'imaginer présent. Quoique les autres ici ne l'aient pas connu, ils déposeront pour lui et à sa place.

Il ne leur ressemblait pas ? Et après ? Chacun d'eux a traversé bien des existences et des tourmentes, visité nombre de pays, accepté beaucoup de lois et transgressé pas mal d'autres. Chacun d'eux sait que le secret est éternel, intransmissible. Les chemins ne mènent nulle part, ils convergent en mille points plutôt qu'en un seul. Qui dit moi, a tout dit. De même que chaque homme contient tous les hommes, ce mot contient tous les mots. C'est le seul que, sur le mont Sinaï, Dieu ait laissé échapper de ses lèvres. Seulement, il faut savoir le dire comme Lui. Lui dit moi et cela signifie : vous qui êtes en moi, avec moi. Nous disons moi et cela signifie : vous qui êtes opposé à moi. Son moi désigne la plénitude, le nôtre le déchirement. Dans sa bouche, moi veut dire amour, dans la nôtre aussi, mais il ne s'agit plus du même amour. C'est qu'il est facile de s'aimer les uns les autres, il est même facile d'aimer nos ennemis ; plus facile que de s'aimer soi-même.

Shlomo, un *hassid* que vous verrez bientôt, s'exclama un jour avec désespoir : qu'ai-je gagné en devenant aveugle, puisque je continue à me voir ? Le pauvre ! Eût-il cessé de se voir qu'il n'eût pas gagné. Les jeux sont truqués ; il n'y a rien à gagner. Ni à perdre, ce qui est plus grave. Vaincre la mort, la vaincre à contrecœur, n'est pas une victoire, ni une grâce ; je suis bien placé pour le savoir.

En Orient, il m'arriva de parler du suicide devant un sage qui, d'un œil clair et doux, suivait un éternel coucher de soleil. Mourir n'est pas une solution, m'affirma-t-il. Et vivre ?

16

demandai-je. Vivre non plus, répondit-il, mais qui dit qu'il existe une solution ?

Vous n'arriverez pas à me convaincre qu'il n'avait pas raison. Les solutions, on peut facilement s'en passer. Seules comptent les questions ; libre à nous de les partager ou de les réfuter. Chacune d'elles renferme non pas une réponse, mais un secret. On prétend que, pour sauvegarder le sien, Shlomo s'est fait arracher les yeux. C'est faux. Son secret, il ne l'a acquis que par la suite. Un jour, il le dévoilera. Et la terre tremblera.

Elle a tremblé déjà. Il me suffit d'écouter divaguer les fous et les mendiants, le soir venu, pour m'en persuader. Parfois je les supplie : ne me parlez plus de la guerre, je ne veux plus en entendre parler ; laissez les cadavres tranquilles ! D'habitude, on m'obéit. Certains me décrivent leurs amours et me permettent d'aimer des femmes qu'ils n'ont jamais touchées ; d'autres évoquent leur enfance. Et Shlomo ? Lui aussi aime écouter.

Lors de notre première rencontre, il m'a tendu la main :

— Je suis Shlomo le voyant et, à mon tour, je nommerai ainsi celui que j'attends tant que durera l'attente. Comme je ne le connais pas, j'ignore s'il mérite ce sobriquet. Qu'il vienne et je le lui changerai. Tu me regardes de travers, je le sens. Tu ne crois pas qu'il viendra ? Il me l'a pourtant promis. C'est là mon pouvoir sur lui ; sans moi, son destin serait incomplet. Qu'il le veuille ou non, je me considère détenteur de sa promesse. Que je meure avant lui, sans lui rendre au préalable sa parole et sa liberté, et son secret n'aura plus de sens. L'on ne fait pas attendre un aveugle impunément. Il y a des années, quelqu'un m'annonça sa mort. Je savais que c'était une erreur. Tout de même, sur le moment, je ne pus retenir mes larmes. Une autre fois, je reçus la visite d'un plaisantin qui prétendait être celui que j'attendais. Là encore, malgré mon incrédulité, je tremblai d'émotion. Tu ris ?

— Je ne ris pas.

— Tu mens.

— Je ne ris pas.

17

Il se tut avant d'enchaîner :

— Pourtant il viendra, je te le jure. Quand ? Je ne sais pas quand. Lui le sait, cela me suffit. Disons : après la guerre. La guerre est finie ? Possible. A lui de me le confirmer. Disons que la guerre est finie et que j'attends toujours la victoire.

— Pas la paix ?

— C'est un mot et j'ignore ce qu'il signifie, tu le sais, toi ?

— Lui doit le savoir, cela me suffit.

Shlomo sourit et me pria de lui répéter son récit, dès le début. Il m'écouta d'un air appliqué et déclara :

— Ce n'est pas toi que j'attends, c'est dommage.

C'est par ces mots-là qu'il congédie tous ceux qui l'abordent pour un brin de conversation. D'où l'hostilité qu'il suscite chez ses compagnons. Attendre la victoire après l'avoir obtenue, est, à leurs yeux, un sacrilège frôlant l'ingratitude. Pour eux, la victoire ne peut pas être mise en doute, puisqu'ils en revendiquent personnellement la gloire et la paternité. Vous aimeriez assister à leurs querelles ? Rien de plus simple. Demandez-leur comment la guerre a été gagnée, ils vous le diront. Ezra ben Abraham, un vieillard originaire du Maroc, maintiendra que c'est grâce à ses larmes que l'ennemi a été repoussé. Depuis le premier jour de la crise, il n'a fait que pleurer. Objection violente de la part de Velvel, un borgne à la langue bien pendue : « Tu me fais pitié. Des pleurnichards comme toi, l'ennemi s'en moque. C'est ma joie qui l'a fait reculer. Moi, j'ai dansé, même en mangeant, même en dormant. Si je m'étais arrêté, si j'avais versé une seule larme, nous aurions perdu la bataille. » Personne ne sera d'accord. Zadok, un Yéménite émacié, se plaindra qu'on ait oublié ses prières : « Jour et nuit, je n'ai fait que prier. — Moi, j'ai chanté, clamera un fou surnommé Moshe l'ivrogne. Les gens dans la rue ne comprenaient pas : comment pouvais-je chanter, alors que les canons tonnaient partout. En vérité, c'est en chantant que j'ai aidé les gars à viser juste. — Moi, j'ai joué avec les enfants, remarquera Yakov le timide en rougissant. J'allais d'une école à l'autre, d'un abri à l'autre et, avec les gosses partout, je jouais à la guerre. J'acceptais le rôle de l'ennemi, afin qu'ils puissent me battre. » Têtu, l'aveugle leur répondra : « Non, ce n'est pas vous que j'attends. »

Vrais ou imaginaires, les exploits de ces compagnons ne manquent jamais de m'émouvoir. Des menteurs, eux ? Le monde, tel qu'il est, ne les intéresse pas assez pour qu'ils se mettent à lui mentir. Des héros, alors ? Peut-être. Libre à vous de les rejeter, non de les juger. Pour ma part, je leur attribuerais volontiers une place dans l'histoire hantée de cette ville mille fois perdue et mille fois reconquise par des fous, toujours les mêmes.

Jérusalem : la face visible et secrète, le sang et la sève de ce qui nous fait vivre ou renoncer à la vie. L'étincelle qui jaillit dans le noir, le murmure qui traverse les clameurs d'allégresse, de bonheur. Pour les exilés, une prière. Pour les autres, une promesse. Jérusalem : cité qui miraculeusement transforme tout homme en pèlerin ; nul ne peut la visiter et s'en aller inchangé.

Pour moi, c'est aussi un petit bourg perdu quelque part en Transylvanie, au fond des Carpathes, où un enfant juif, épris de mystère autant que de vérité, apprend le Talmud qui l'éblouit par la richesse, la mélancolie de son univers de légende.

Katriel m'avait demandé :

— Tu connais Jérusalem ?

— Je crois que oui.

— La vieille ville aussi ?

— Aussi.

— Quand y as-tu été ?

— Il y a longtemps.

Rabbi Nachman de Bratzlav, le conteur visionnaire du hassidisme ukrainien, aimait à dire qu'il lui suffisait de marcher n'importe où pour se diriger vers Jérusalem. Moi, c'est dans le verbe sacré que je la découvrais. Sans bouger.

Voici la vallée de Joshaphat où, un jour, les nations seront jugées. Le mont des Oliviers où, un jour, la Mort sera vaincue. La citadelle, la forteresse de David. Tourelles

19

mornes, coupoles dorées où le soleil se brise et s'estompe. La porte de la Grâce, lourdement verrouillée : qu'un autre que le Messie essaie de la franchir, la terre en sera secouée jusque dans ses fondements.

Et, plus haute que les montagnes de Judée et de Moav qui l'entourent, voici la colline de Moriah qui, depuis toujours, attire les hommes en quête de foi, de sacrifice. C'est ici que l'être premier avait ouvert les yeux et vu le monde qu'il allait désormais partager avec la Mort ; c'est ici que, fou de solitude, il se mit à parler à son créateur. C'est ici que ses deux fils, nos ancêtres, découvrirent ce qui lie l'innocence au meurtre, la ferveur à la malédiction. C'est ici que le premier croyant érigea un autel pour immoler son passé ainsi que son avenir. C'est ici que l'homme, en bâtissant le Temple, se montra capable et digne de sanctifier l'espace comme Dieu l'avait fait du temps.

J'aime cette ville à la mémoire inébranlable, j'aime son emprise sur moi. Les pays lointains ne m'attirent plus. Le chercheur est fatigué de chercher, l'explorateur de s'exciter. Sous ce ciel que se disputent couleurs et souvenirs, les pas dans la nuit se répercutent à l'infini ; on les écoute, envoûté, presque comblé déjà ; on les mesure, on les suit en retenant le souffle, et puis l'on s'arrête de peur de surprendre en intrus un roi qui rêve trop, un prophète qui réduit la vie et la parole en poussière.

Le jour, les guides professionnels, trop pris par les touristes, ignorent jusqu'à notre existence. Les gardiens, la nuit, nous laissent tranquilles. Inoffensifs, nous ne gênons personne. N'empêche que nous les avons intrigués. Surtout au début. Certains nous regardaient d'un air soupçonneux, d'autres avec une inquiétude mêlée de respect : pourquoi ne rentrions-nous pas chez nous ? Nous devions bien avoir un chez nous quelque part, non ? Interrogé, Zalmen, vagabond au caractère mauvais, donnait chaque fois la même réponse : demain. Le disait-il pour se débarrasser des importuns, y croyait-il vraiment ? Je n'en sais rien, lui non plus.

— Et toi ? Qu'est-ce qui te retient ici ? demandait-on à Menashe qui se veut marieur et troubadour.

— L'étoile du soir rencontre ici l'étoile du matin, répondait-il en clignant de l'œil. J'aime les accueillir, les accompagner ; j'aime encore plus assister à leur mariage.

Et Yakov le timide, les doigts dans sa barbe touffue, expliquait en bégayant :

— Ici la parole et le silence s'accordent. J'aime l'un et l'autre. Ici je ne les crains pas.

Et Shlomo, la main sur ses paupières, chuchotait avec douceur :

— Que dire ? Je n'ai pas de réponse. Je pourrais m'en aller, je préfère rester. Ici, toute attente réclame un sens, même si elle n'en a pas au départ.

On a fini par s'habituer à nous. Le dernier touriste parti, nous prenons possession du lieu. Le soir venu, nous sommes les maîtres de la grand-place, ancien parvis du Temple.

Du haut des murailles, les soldats, fusil à l'épaule, observent nos conciliabules d'un air amusé ou faussement complaisant. Parfois, nous les invitons à approcher. A les voir si déconcertés, on a envie de rire, de grimacer pour les rassurer : allez, n'ayez pas peur, on ne vous mordra pas ; allez, souriez un peu, on ne vous fera rien. Ils me rappellent ces guerriers irascibles que j'ai vus arriver pendant la bataille et immédiatement après, fiers de leur force et fiers de leur fierté ; je les ai vus repartir droits mais humbles, désemparés, comme s'ils venaient de retrouver un songe vécu dans une existence antérieure, un songe plus fort que la vie. Certains, pour prolonger l'aventure, pour retarder le moment où tout redeviendrait quotidien, venaient se joindre à notre cercle pour une nuit, une heure, une histoire. Leurs récits sonnaient plus fantaisistes que les nôtres.

De son minaret, le muezzin appelle les fidèles à la prière. Touristes et guides remontent dans leurs voitures. Les dévots, devant le Mur, psalmodient ou se taisent en se balançant. La chaleur dormante commence à se déplacer. L'étau se relâche, on peut respirer. Le jour baisse et s'éteint derrière un voile pourpre recouvrant les cimes des arbres. Pour chasser la sérénité qui peu à peu m'envahit, j'invoque le visage de Katriel : où est-il ? reviendra-t-il ? vit-il encore ?

Voilà Anshel qui s'avance avec ses acolytes : Mohammed, Jamil, Ali. Comme tous les gosses du quartier, ils vendent crayons, cartes postales illustrées et autres menus souvenirs. Anshel est leur meilleur client. Leur pauvre marchandise, il la leur prend sans discuter le prix. Puis il la jette, quitte à la racheter le lendemain.

Sait-il que des fenêtres donnant sur la place, derrière les volets clos, les parents surveillent leurs fils d'un œil noir, les mâchoires serrées ? Non, il ne le sait pas. Il ne sait qu'une chose : que lui aussi a eu faim et honte. A présent, ce n'est plus lui qui souffre. Et cela, il ne se le pardonne pas encore. J'aime le taquiner :

— Alors, les affaires, ça va ?

Taciturne, il profère un vague marmonnement en guise de réponse. Il est en colère et il ignore contre qui. Moi je sais : contre la guerre. Faut-il le lui dire ? Il hausserait les épaules : c'est trop commode de mettre tout sur le dos de la guerre. La guerre, c'est quoi, c'est qui ? Un mal abstrait aux effets qui ne le sont pas ? Autant croire aux anciens dieux : orage, pluie, haine.

— Pour moi, me dit Anshel, la guerre évoque un visage.

— Lequel ?

— Cela dépend des jours.

— Et aujourd'hui ?

— Le visage d'un mourant. D'un mourant redevenu enfant.

— Et c'est contre lui que tu es en colère ? dis-je, feignant l'indignation.

Il me lance un regard mauvais :

— Tais-toi !

Il se rend compte que je me suis moqué de lui. Il s'assied. La place, devant nous, est presque vide.

— J'ai vu beaucoup de morts, dit Anshel comme pour s'excuser. J'en ai piétiné quelques-uns. C'était la guerre, quoi. Je n'avais pas le choix. Je fonçais sans regarder. Pour moi, la guerre n'avait pas de visage. Pour moi, la guerre était une bête qui tuait des hommes en leur arrachant le visage. Maintenant, ils se vengent. J'en vois trop.

Il sort de sa poche des cartes postales en couleurs qu'il tripote nerveusement.

— Mais j'ai gagné la guerre ! s'écrie-t-il, comme saisi de fureur. Oui, je l'ai gagnée, et voilà mon butin !

C'était sa troisième guerre. Il l'a faite avec les blindés. Dans le désert. Son premier tank : détruit le premier jour. L'équipage s'en sortit indemne. Son second tank : incendié le troisième jour. Un seul blessé grave, le capitaine. Anshel le prit sur ses épaules et courut au poste de secours. Rafale de mitrailleuse. Qui tua le capitaine. Anshel ne fut pas atteint. Depuis, il ne cesse de se répéter à voix haute : « Tu es vivant, tu es vainqueur. » Mots simples ? Leur signification lui échappe. Bénéficiaire ou victime d'un malentendu, il n'éprouve ni joie ni tristesse, plutôt de la curiosité. Trop de choses se sont déroulées trop vite ; il en a encore le vertige. Vainqueur, lui ? Un rôle d'emprunt, une vie d'emprunt. Il rougit chaque fois qu'un Mohammed, un Jamil le tire par le bras. Leur rôle à eux n'est pas emprunté. Si les vainqueurs ne se ressemblent pas, les vaincus, eux, ont partout le même regard sombre, traqué, le même sourire suppliant. Les enfants vaincus sont les mêmes partout : dans un monde en ruine, ils ne peuvent que vendre des ruines. En fin de compte, c'est leur innocence qui est vaincue. Leur innocence et, sans doute aussi, celle d'Anshel. Sa défense ? C'était une guerre entre son enfance et la leur. N'empêche que, pour le vainqueur qu'il est, la victoire perd peu à peu, non pas son sens, ni sa nécessité, mais son goût de bonheur.

Et c'est pour le réinventer qu'il vient, en fin d'après-midi, flâner sur cette place où la victoire et le chemin qui y conduit sont censés être à la mesure de l'homme.

— Avoue que tu es en colère, dis-je pour le taquiner davantage.

— Tais-toi.

— Il ne faut pas en avoir honte, tu sais.

— Non ? En es-tu sûr ?

Je me demande comment Katriel aurait parlé de la guerre,

de la victoire. Je ne l'ai jamais vu en colère, sauf une fois. Je vous en parlerai. Mais je me demande comment tenir la promesse que je lui avais faite : dire ce qu'il n'a pas pu dire, le sauver de l'oubli. Je me demande s'il est vivant, s'il l'a jamais été.

Il se fait tard. Le ciel incandescent vire au bleu, puis au gris-noir. Dans sa fuite, le soleil abandonne des nuages épais lacérés de rouge, piquetés de jaune d'or. Derrière les remparts, sous les tourelles, les ombres, par meutes entières, se regroupent en silence.

Devant le Mur, éclairé par des bougies clignotantes, les derniers fidèles participent à l'office de *Maariv*. Plusieurs compagnons nous ont déjà rejoints, Anshel et moi. Anshel, d'un geste furieux, se débarrasse de ses cartes postales et s'écrie :

— Regardez-moi ! Je suis vivant, je suis vainqueur. La preuve ? Regardez : des visages, j'en ai plein les poches.

Moi aussi.

L'autre après-guerre, en Europe, était différente. Quoique survivants, nous savions que toute victoire nous serait interdite. La peur, partout, nous suivait, nous précédait. Peur de parler, peur de se taire. Peur d'ouvrir les yeux, peur de les refermer. Peur d'aimer. Tarés, possédés, nous n'étions ni tout à fait vivants, ni tout à fait morts. La charité, nous n'en voulions pas. La pitié nous emplissait de dégoût. Nous étions tous des mendiants. Déracinés, apatrides, indésirables : à mesure que le temps passait, les gens, pour se racheter ou se défendre, nous écartaient et en venaient même à nous reprocher leur conscience troublée.

Pendant des années, j'avais passé le plus clair de mon temps dans les bureaux inhospitaliers des préfectures de police : carte de séjour, carte de travail, permis de voyage, visa de sortie, visa de retour, certificat de domicile, formulaires, photos d'identité, interrogatoires et humiliations à n'en pas finir. Avoir survécu était devenu une erreur, un fardeau. On ne voulait pas de nous. Encore sous mandat britannique, la Palestine, en pleine lutte clandestine, nous repoussait. Le gouvernement américain veillait à sauvegarder son parcimonieux système de quotas. Les pays les plus libéraux nous tournaient le dos et nous aidaient à aller chercher refuge ailleurs. Partout nous étions traités en intrus, voire en reclus. Les vainqueurs ne pouvaient pas nous regarder en face : nous étions la preuve vivante de leur culpabilité. Quant aux neutres, nous ne les intéressions toujours pas.

Rejeté à la fois par les vivants et les morts, je décidai un jour de retourner dans ma ville natale, sans savoir au juste ce que j'espérais y trouver ; j'avais peur de savoir. Peut-être étais-je attiré par l'enfant que j'avais été, que j'y avais laissé en gage ou comme gardien ; j'ignorais que les fous s'en étaient emparés, qu'il était leur prisonnier, comme l'était ma ville elle-même.

Le retour prit des allures de songe. J'errai dans mon quartier, dans mon enfance, je rôdai devant ma maison ; près du porche dans la cour, un chien aboyait, comme pour chasser les revenants. Je marchai des heures durant, poussé par le besoin de tout voir, de tout emporter ; je marchai d'une rue à l'autre, d'étonnement en étonnement, de douleur en douleur, espérant que tôt ou tard quelqu'un finirait par me réveiller, par me demander ce que je désirais faire, chez qui et jusqu'à quand. Personne ne me reconnut, je ne reconnus personne. Pourtant, dans mon passé, un enfant m'attendait ; j'avais peur de le suivre, je savais que l'un de nous était mort. Mais je savais aussi que lui seul pourrait me conduire auprès de nos Maîtres en deuil qui, assis immobiles à la croisée des chemins, se taisent et jugent les passants qu'ils voient et qui ne les voient pas.

J'avais appris que les trois survivants de la communauté, les seuls à avoir échappé à la déportation, se trouvaient à l'asile d'aliénés.

Je connaissais le chemin. Autrefois, avec mes sœurs et mes camarades, nous venions les samedis après-midi, surtout en été, consoler les malades juifs déshérités en leur apportant fruits et friandises. Inchangé, l'endroit respirait le même calme inquiétant, la même propreté excessive. Cerné de hautes murailles, l'hospice paraissait imperméable au temps.

Les médecins se montrèrent aimables. L'un d'eux, particulièrement obligeant, me prit en charge et m'accompagna pour un tour des étages. Pavillon pour hommes, pavillon pour femmes, pour cas spéciaux. Equipement moderne, personnel qualifié.

— Vous connaissez les trois malades en question ? s'enquit le médecin.

— Possible. Si vous me disiez leurs noms...

Il me les donna.

— Désolé. Jamais entendu. Peut-être en les voyant...

Il me les désigna dans une pièce mal éclairée. Deux vieillards hagards aux lèvres décolorées. Le troisième, plus jeune, devait avoir mon âge. Des inconnus.

— Peut-être en leur parlant...

Je les saluai. Les vieillards semblèrent contents de me voir, et pas surpris du tout.

— C'est gentil d'être venu. Nous vous attendions.

Devant mon air ahuri, ils ajoutèrent :

— Parfaitement ! Nous savions que vous alliez venir ! Puisque c'est samedi aujourd'hui !

Et, la paume ouverte, ils réclamèrent leur dû : les cadeaux de Shabat.

— Je regrette, leur dis-je en rougissant. Pardonnez-moi, mais je ne vous ai rien apporté. Pardonnez-moi, mais aujourd'hui, c'est jeudi.

Je précisai : le samedi n'est plus le jour le plus saint de la semaine, c'est un jour comme un autre. Disparue, bafouée, la sainteté du Shabat. Le septième jour n'est plus le signe de l'intérêt que le créateur porte à sa création.

— Pardonnez-moi, dis-je. La reine du Shabat est partie et ne reviendra pas de sitôt. Pardonnez-nous, mais c'est la faute du roi.

Les deux vieillards m'écoutèrent poliment, d'un air entendu. Leurs clins d'œil répétés me laissèrent perplexe. Je me tus et ils s'esclaffèrent bruyamment. Je me demandais ce que cela pouvait bien signifier, lorsque le plus jeune m'attira dans un coin et me chuchota à l'oreille :

— Les pauvres. Ils n'ont plus leur raison.

Et encore plus bas :

— Ils me brisent le cœur. Ils se font des illusions. Ils pensent que le monde, de l'autre côté, est encore celui qu'ils ont connu.

Et lui aussi cligna de l'œil.

Les vieillards riaient, se tordaient comme des forcenés. Les pauvres, ils riaient de plus en plus fort, mais leurs visages restaient fermés au rire, hostiles au rire. Leurs regards traqués étaient pesants et remplis d'ombre. Une pitié accablante m'envahit envers ces êtres qui portaient ma ville dans leur esprit dérangé. La scène me parut interminable. Puis, épuisés comme après un corps à corps, ils s'effondrèrent sur le plancher de bois et se mirent à fixer le vide devant eux, loin d'eux, le vide en eux.

Avec la permission du médecin, j'invitai le plus jeune à une promenade dans le jardin. Il faisait beau, les arbres jaunissaient. L'automne, chez nous, est empreint d'une sérénité, d'une nostalgie indicibles. On le préfère au printemps, trop impatient d'imposer sa loi, trop arrogant. L'automne, chez nous, s'en va à contrecœur ; tout ce qui vit s'efforce de le retenir.

— Vous entendez le vent ? dit le jeune malade. Il chasse l'automne. Je lui parle, il ne m'écoute pas.

Une brise légère, à peine perceptible, devait agiter les deux fleuves qui enserrent ma ville. Je la sentais dans mes cheveux, sur mes paupières. J'éprouvai un début de malaise.

— Vous voyez le vent ? poursuivit le malade. Lui me voit. Parfois je lui confie mon regard et il me le rend bourré de soleil et de fraîcheur. Mais il lui arrive aussi de m'en rendre un qui ne m'appartient pas, et alors je vois des choses, des choses...

Je le laissais parler, tout en me demandant de quoi il souffrait, s'il avait connu mes parents, si les bruits de la déportation lui étaient parvenus jadis. Cela me gênait de lui en poser la question. Il devina mon embarras et vint à mon secours :

— Sans doute aimeriez-vous savoir pourquoi l'on me garde ici ? C'est pourtant simple : je suis malade. Moins que les autres, mais néanmoins malade.

Il me sourit et prit le ton indulgent, condescendant, de celui qui sait des choses sur son interlocuteur que celui-ci ignore.

— Je suis malade, vous dis-je. Fou. Parfaitement. Oui, fou, puisque je vous le dis. Vous ne me croyez pas ? Vous avez tort. Il faut me croire. C'est un fou qui vous tient compagnie, qui vous parle. Sachez qu'il en est conscient et cela lui fait d'autant plus mal.

Un cri aigu, derrière moi, me fit tressaillir. Je me retournai. Le pavillon pour cas spéciaux, toutes fenêtres éteintes. Cri de détresse, de lucidité ? Poussé par qui ?

— C'est Miklos, me dit le jeune homme. Miklos craint le crépuscule autant que la mort, plus que la mort. Il crie dès qu'il le sent approcher. Il est le premier à le discerner.

— Mais il fait encore jour !

— Pas pour Miklos, pas pour cet imbécile de Miklos : les ténèbres, c'est son élément naturel. On dirait qu'il vit sous la face obscure du soleil. Le noir lui fait peur, mais il aime avoir peur. Ainsi il se sait vivant. S'il crie, c'est pour appeler la peur.

Je tendis l'oreille, mais le cri, brusquement suspendu, ne se renouvela pas.

— Pour en venir à bout, expliqua le jeune homme, on le bâillonne.

A l'une des fenêtres entrouvertes, à ma gauche, je crus apercevoir les deux vieillards ; par instants, j'entendais leur rire glacé, bouleversant.

— Drôle d'endroit, dit le jeune malade. Ici, le rire des uns vaut le cri des autres. Et moi ? Quel est mon rôle dans tout cela ? Je suis celui qui les écoute et les plains, celui qui voit sans regarder et sans y croire.

Son souffle s'alourdit. Nous nous assîmes sur un banc, sous un pommier. L'ombre de la montagne lointaine s'insinuait dans les nuages là-haut, dans les feuillages si proches. Abîmé en lui-même, le jeune homme se tâtait le cou, la nuque. Sa voix, après un silence, me parut changée et soudain étonnamment familière, tandis qu'il me décrivait son mal :

— Imaginez l'inimaginable, dit-il en me fixant droit dans les yeux. Imaginez que je voie ma ville sans ses Juifs. Je sais, cela vous paraît inconcevable. Et pourtant je la vois ainsi, comme vous me voyez, moi. Vous saisissez ? Ma ville — cette cité si vivante et à l'âme si juive, la ville la plus juive entre le Tissa et le Danube — eh bien, figurez-vous que dans mes fantasmes je la découvre absurdement appauvrie, dégénérée, déjudaïsée. Comme ça, du jour au lendemain, la voilà vidée de tout ce qui donne un rayonnement, un éclat à sa beauté et encore plus à sa misère. Les *shtiblekh*, ces oratoires où la piété des pauvres s'alliait à la ferveur des sages, sont déserts, les sanctuaires pillés. Je cherche une étincelle, une trace d'existence et ne les trouve pas. Je cours au *héder* et n'y rencontre ni instituteur ni élève. A la synagogue, les livres sacrés moisissent sous la poussière. Où sont les *hassidim* et leurs adversaires, aussi fanatiques les uns que les autres ? Où sont les tailleurs bavards, les médecins hautains, les troubadours et les jeunes filles à marier, les mendiants à la démarche fiévreuse et les Maîtres au silence si lourd de sens ? Je sais qu'ils sont là, tout près de moi, ils ne peuvent pas avoir tous disparu ! Ils sont là, je les sens, mais ils se dérobent à ma vue, enveloppés d'absence. Mais les bâtiments, les enseignes, les pavés, les fissures les plus fines dans les murs, je les vois, je ne vois qu'eux ; seuls les êtres se sont évaporés. Je sais bien que tout cela est le fruit d'une imagination tordue et malsaine, la mienne, je le sais et me le répète à longueur de journée. Après tout, je ne suis pas fou au point de supposer que mes visions peuvent refléter une réalité autre que celle que je porte en moi, une réalité objectivement vraie, insérée dans la durée. Je sais que tout cela ne concerne que moi, et non ma ville. Chez les gens normaux, l'imagination éclaire ce qu'ensevelit la nuit ; chez moi, elle s'y substitue. Cela prouve quoi ? Le malade, c'est moi. Voilà ce que cela prouve. Je ne le nie pas. Mais parfois je perds courage. Que voulez-vous ? Cela dure depuis des années. Serais-je incurable ? Je ne désespère pas tout à fait. Au fond même du désespoir, à la limite même de la démence, je retrouve la certitude que, en fin de compte, il s'agit simplement d'un *dibouk* ; je suis possédé. Voilà l'explication. Aussi mon mal, je suis seul à en souffrir, puisque, en réalité, en vérité, ma ville existe toujours avec ses Juifs et ses mythes, ses chants et ses fêtes, mais sans moi, en dehors de moi.

Le crépuscule imprimait sur son visage un masque de frayeur. Avais-je affaire à un fou, à un saint maudit ? Devais-je le fuir ou l'aider ? En faisant quoi ? Comment savoir ?

Mais si lui n'est pas fou, me disais-je, quelqu'un d'autre doit l'être : j'eus le vertige en y songeant.

— Comprenez-vous ce que moi-même je n'arrive pas à comprendre ? s'écria-t-il en gesticulant fiévreusement. C'est moi le fou du village qui clame sur les toits qu'on lui a volé son village ; c'est moi le mort qui accuse les vivants de lui avoir escamoté son cimetière. Je crie, je hurle, tout en sachant que ce n'est pas vrai, je suis un faux prophète, un faiseur d'images. Tenez, vous qui m'écoutez, qui arrivez du dehors, vous vous êtes déjà rendu compte à quel point mes divagations sont insensées. En cette heure, le soleil se couche sur la ville, et, dans l'oratoire du *Talmud-Torah*, face au petit marché, les fidèles attendent l'office de *Maariv* et évoquent avec piété les pouvoirs miraculeux de leurs rabbis respectifs. Dans la rue des Juifs, près de la grand-place, les portefaix déposent leurs fardeaux et, tournés vers le mur, ils récitent la *Amida* pour que Mendel le rouquin puisse dire Kaddish. A la Yeshiva, où l'on vient d'allumer les premières bougies, les étudiants reprennent un passage difficile du Talmud. Devant le rabbin, deux commerçants, debout, exposent leur différend et se fient à son jugement. Je connais les commerçants, je connais le rabbin. Je connais les étudiants, leur chant m'habite et me donne envie de pleurer ; les portefaix sont mes amis, leur peine me fait honte, leurs rares moments de joie et de répit me réjouissent. Tous, je les entends, ce sont mes frères, je reconnais jusqu'à leur souffle, j'entends leurs moindres gémissements, je les devine à portée de ma main... Mais alors, dites-moi, quel est le sens de ces hallucinations, de ces angoisses qui m'inondent de sueur et pèsent sur mon regard et sur mon sommeil ?

Une lueur sombre brillait dans ses yeux. La gorge serrée, j'eus l'impression que je m'égarais, que je me retrouvais seul dans une forêt étrangement familière et inclémente. Paralysé, je voyais le soleil disparaître, le crépuscule envahir les chaumières clignotantes et les routes escarpées perdues dans les sapins. Un long cri déchirant — Miklos ? — fut aussitôt suivi du rire de mes deux vieillards.

— Ils me font pitié, commenta le jeune malade. Pour eux,

les jeux sont faits. Mais pour moi ? Dites, pour moi tout est encore possible, n'est-ce pas ? L'espoir m'est encore permis, dites ?

Je secouai la tête, sans savoir si cela devait signifier oui ou non.

Auparavant, le médecin m'avait rassuré. Le jeune homme n'était pas violent. Cependant, obscurément, je sentais qu'un danger me guettait. Il était temps de m'en aller, il se faisait tard, il était peut-être trop tard déjà.

— Que faire ? s'exclama le malade, haletant. La forêt est trop épaisse, je m'y perds. Le sable du vent recouvre les sentiers, les issues. Les deux vieillards croient que le monde n'a pas changé ; c'est là leur folie. Moi, en revanche, je contemple ma ville en étranger, et c'est ma folie à moi.

Il aspira la nuit et sa voix se fit suppliante :

— Vous qui venez de loin, aidez-moi, conseillez-moi, dites-moi le mot qu'il faut pour me tirer de l'enfer que, par contrainte, je m'invente.

Je ne répondis pas. Il enchaîna :

— Si la vérité mène à la démence et si le mensonge y conduit aussi, que nous reste-t-il à faire ? Et comment Dieu se justifie-t-il à ses propres yeux ? Si le réel et l'imaginaire aboutissent au même cri, au même rire, quel est le but, l'enjeu de la création ? Quel rôle l'homme est-il appelé à jouer durant son mystérieux passage sur terre ?

Son débit s'accéléra. Comment l'arrêter avant qu'il ne soit trop tard, pour moi autant que pour lui ? Ses questions me touchaient et, en même temps, me dépassaient : je n'en possédais point la clef. A un certain moment, j'eus envie de lui révéler la vérité : oui j'arrive de la ville, oui je puis témoigner que tes craintes sont fondées, oui je puis affirmer que celles des vieillards le sont aussi. Ta ville est toujours là, ta ville n'est plus là : elle n'a survécu que dans le délire des fous... Voilà ce que j'eus envie de lui dire, mais je ne pus remuer les lèvres : les mots aussi, je les avais laissés de l'autre côté.

— Pendant des années et des années, dit le malade sur un ton plaintif, j'accompagnais le médecin chaque fois qu'il se rendait en ville. Sans doute espérait-il me guérir en me confrontant avec elle. Echec total. Mon mal me suivait, mes visions me devançaient. La rue juive, centre commercial bruyant, portait un nom nouveau ; des inconnus s'y promenaient. Mes pèlerinages me ramenaient à une source tarie. La vie, en continuant, me rejetait hors d'elle. Vous ne me croirez pas, mais il me semblait apercevoir des étrangers jusque dans ma propre maison, à la table de mes parents. J'en vins à me demander si ce n'était pas moi la cause de ce scandale, j'en vins à me voir sous les traits de l'ange de la mort faisant le vide autour de lui. Bien sûr, je sais que tout cela n'est qu'un cauchemar, un malentendu, je sais que je suis victime de mes yeux, de mes oreilles, de mon cœur, de ma mémoire, je sais que la vérité est ailleurs et autre, et vous — qui venez de loin — le savez mieux que moi, n'est-ce pas ? Dites-moi que vous le savez, dites-le-moi, j'ai besoin de le croire, j'ai besoin de croire en vous, en n'importe qui, la solitude m'étouffe, je n'en peux plus...

Tout en parlant, il se mit à se balancer en chantonnant, comme se balançait et chantonnait un mendiant que j'avais connu jadis, un prédicateur ambulant qui parlait de vaincre le destin et de forger l'avenir : le cœur battant, un enfant l'écoutait encore. Soudain, je compris l'imminence de la menace. D'un bond je me levai et, sans rien dire, sans un geste d'adieu, sans une parole d'explication ou d'excuse, je me mis à courir hors de son regard, hors du jardin, hors de l'asile, je courus vers la rue, la ville, la vie, poursuivi par les hurlements de Miklos, le rire des vieillards et la voix épouvantée du jeune malade qui devait avoir mon âge. Je ne sais pas combien de temps j'ai fui. J'ai oublié le point d'arrêt où j'ai pu reprendre haleine. Mais quelqu'un au bout de la course, au bout de la peur, m'attendait déjà, et je le savais.

Le soir est tombé sur Jérusalem et j'ai encore dans les yeux le feu du couchant à nul autre pareil : brusque, sauvage, il étreint le cœur avant de l'apaiser. Ce soir, j'aimerais qu'il

33

l'étreigne encore plus. Je me dis que si je souffre assez, quelqu'un viendra. Peut-être Katriel. Ne me demandez pas qui c'est, je ne vous le dirai pas. Je n'en ai pas le droit.

Il me souvient d'une conversation que nous avons eue avant la guerre :

— Qu'attends-tu de la vie ? Que lui demandes-tu ?

— La vie.

— Et de l'amour ?

— L'amour.

— Je t'envie, lui ai-je dit. La vie, l'amour, moi je leur demande de me surprendre.

— Moi aussi, mais c'est un secret. Garde-le pour toi-même.

En bas, par-delà les murailles, des hommes et des femmes se rencontrent, se séparent, s'aiment, se surprennent et se trompent : la vie a repris son cours. Je n'ai pas envie d'y participer. On fait la queue devant le cinéma ; le film ne m'intéresse pas. On va au restaurant, au concert. Tu as entendu les nouvelles ? Vingt ans de travaux forcés pour deux terroristes appréhendés en pleine opération de sabotage. Débat public sur la peine capitale, sur le sort des territoires occupés. Un ministre dément ses démentis d'hier. A l'étranger aussi, les semaines et les mois s'écoulent ; les événements restent les mêmes. Emeutes, exigences et découvertes se suivent et se ressemblent. La vie continue et, ne trouvant rien de nouveau sous le soleil, l'homme essaie de changer de soleil.

Quelque part ici-bas, disait rabbi Nachman de Bratzlav, il existe une ville qui renferme toutes les autres villes du monde. Et dans cette ville il y a une rue qui contient toutes les autres rues de la ville. Et dans cette rue il y a une maison qui domine toutes les autres maisons de la rue. Et cette maison comporte une chambre qui abrite toutes les chambres de la maison. Et dans cette chambre se trouve un homme en qui se reconnaissent tous les hommes. Et cet homme rit. Il ne fait que cela. Il rit aux éclats. Je songe à Katriel : cet homme, serait-ce lui ? Je ne l'ai jamais entendu rire, mais cela ne prouve rien. Le rire, cela s'apprend, cela

s'acquiert. Moshe, Moshe l'ivrogne, le fou à la voix toni-
truante, vous le confirmera. Ecoutez-le rugir :

— Allons ! Qu'attendez-vous ? Vous n'êtes pas là pour une
veillée funéraire ! Laissez-vous aller ! Pour l'amour du ciel,
riez !

Il donne l'exemple. Certains se joignent à lui. Shlomo proteste, Zadok aussi. On passe outre. Les soldats qui montent
la garde sur les remparts font halte, haussent les épaules et
recommencent à faire les cent pas.

— Plus fort ! crie Moshe. Plus fort ! Je veux que notre rire
recouvre tous les bruits de la terre, tous les regrets de
l'homme !

Il saisit à la gorge un compagnon, ou un étranger, et lui
ordonne de rire tout en le menaçant de son poing. Il est
imprudent de lui désobéir.

— J'ai connu les prisons, les asiles et les palais des pauvres, m'a-t-il expliqué un jour. J'y ai laissé mes larmes.
Larmes de joie, d'amertume, larmes de rage impuissante,
larmes d'enfant et larmes de vieillard. Je n'en ai plus. Il ne
me reste que le rire.

Robuste, Moshe est d'une douceur désarmante. Il vous
donnerait sa veste, sa part de bonheur, en échange d'une
bonne parole. Qu'un mendiant tombe malade, et il ira men-
dier pour lui. Il ne devient dangereux que dans ses crises
de lucidité. Parfois il les pressent et demande alors qu'on
l'enferme.

On dit qu'une femme jeune, belle et d'excellente famille,
était tombée amoureuse de lui. Il allait l'épouser. La veille
de la cérémonie, ils passèrent la soirée ensemble en se pro-
menant. Moshe semblait absent. « Tu es loin. — Oui, loin.
— Emmène-moi. J'aimerais te suivre. — Tu n'as pas peur ?
— Si, mais cela ne fait rien. » Alors, il se mit à lui raconter
des histoires. Elle ne put s'empêcher de pleurer. Il s'en
aperçut. Le mariage n'eut pas lieu. On prétend que la fiancée
l'attend toujours.

Ses exploits de guerre, on les dit nombreux et spectacu-
laires. Volontaire des commandos, il fut de toutes les opérations. Toujours debout. Les balles pleuvaient autour de

35

lui, fauchant officiers et soldats, mais lui refusait d'avancer en rampant, voire en se courbant : fusil au poing, il montait à l'assaut, tête haute, invincible. Lorsqu'une balle finit par l'atteindre, il s'écroula en riant ; il riait même après avoir perdu connaissance.

En sortant de l'hôpital, il se rendit à la vieille ville de Jérusalem et s'enferma dans cette synagogue dix fois centenaire, maintenant en ruine, où depuis le seizième siècle on allumait une bougie à la mémoire de rabbi Klonimus. Celui-ci, en 1520, avait sauvé sa communauté en ressuscitant un enfant arabe assassiné. Meurtre rituel commis par les Juifs, clamait-on, et on allait les massacrer. Mais ramené à la vie par rabbi Klonimus, le garçon arabe désigna le véritable assassin. La bougie commémorant ce miracle brûla jusqu'en 1948 — année de la chute de la vieille ville — et fut rallumée, dit-on, par Moshe. Celui-ci aurait déclaré : « Tu vois, rabbi ? Parfois, il est nécessaire de tuer pour rester en vie. » Selon une autre version, il se serait adressé non pas à Klonimus, mais au prophète Elie, dont une autre synagogue porte le nom. Les anciens racontent : il fut un temps où Jérusalem comptait peu d'habitants juifs, pas assez pour remplir tous les lieux de prières. Neuf seulement se réunirent, la veille de Yom Kipour, et faute d'un dixième, ne purent former un *minyan* pour commencer l'office. Alors surgit un vieillard inconnu, qui disparut après la fête : les gens comprirent que c'était le prophète Elie, touché par la peine de ceux qu'il est censé consoler. « Tu vois ? lui aurait dit Moshe. J'amène plus de Juifs que toi. Reconnais que le rire est, lui aussi, capable de provoquer des miracles. » Et le prophète, tout en lui donnant sa bénédiction, lui aurait répondu : « De nos jours, Moshe, le rire est un miracle en soi, le plus étonnant de tous. »

Une fois, j'allai vadrouiller devant le Mur. L'ivrogne avait l'air malheureux.

— Qu'est-ce qui ne va pas ? lui demandai-je.
— Il est grand temps qu'ils s'arrêtent ! fit-il, énervé.
— Qui donc ?
— Les anges, parbleu !

Et il me cita une légende du Midrash : lorsque Titus lança ses légionnaires contre Jérusalem, des anges, au nombre de six, descendirent du ciel et s'installèrent sur le Mur occidental du Temple. A l'heure du désastre, ils se mirent à pleurer, et leurs larmes, absorbées par les pierres, y coulent encore.

— Qu'ils s'arrêtent ! dit Moshe. Les anges aussi devraient apprendre à rire.

— Ne t'occupe pas des anges, Moshe. Qu'ils se débrouillent tout seuls.

— De qui veux-tu que je m'occupe ? Des hommes ?

— Oui. Des hommes.

— De quelqu'un en particulier ?

— Oui, Moshe. Il se nomme Katriel.

— Qui est-ce ?

— Je ne sais pas, je ne sais plus. Parfois, j'aime à penser que mon destin s'apparente au sien. Sauf que lui ne savait ni rire ni pleurer.

— Et toi, tu sais ?

— J'apprends, Moshe, j'apprends.

— Parle-moi de Katriel. Pour pouvoir l'aider, je dois en savoir plus long.

— C'est un camarade d'armes. Nous avons fait la guerre ensemble.

— C'est tout ?

— C'est tout.

J'aimerais pouvoir en parler plus longuement, seulement c'est difficile. Katriel est ma folie à moi, mon obsession. Peut-être l'ai-je inventé. Il me faudrait une preuve, mais qui me la fournira, maintenant que la guerre est finie ?

— Alors ? fit Moshe, impatient. Veux-tu que je l'aide, oui ou non ?

— Oui, dis-je. Il en a besoin, moi aussi. Mais où le trouver ? Voilà où cela devient compliqué.

Il a pourtant bien dû exister. Je me souviens même que j'en étais jaloux. Pour lui, tout était simple. Il avait un père pour le guider, une femme qu'il aimait ; et il savait en parler comme il savait parler de tout ce qui le touchait.

37

Moi, j'avais aimé plus d'une femme, souvent avec désespoir, et n'en parlais qu'avec gêne. L'aventure sentimentale, je ne la concevais pas autrement que secrète. Ivre de culpabilité, assoiffé de désir, je fuyais les liaisons faciles, je me réfugiais dans la solitude et le remords. Qui était Katriel ? L'homme que j'avais voulu être. Celui pour qui il existait une ligne de partage entre vivre et mourir, entre aimer et trahir. A force de l'envier, j'en venais à douter de son existence.

— Libre à toi de te taire, dit Moshe, vexé. Mais dans ce cas, je retourne à mes anges.

Inutile de discuter avec lui ; il est entêté et intolérant comme un saint.

Profitons de son départ pour vous présenter Dan, qui ne lui ressemble en rien. Maigre, réservé, hautain. Grand, légèrement voûté, la démarche mesurée, il affiche la mélancolie sceptique d'un millionnaire dégrisé, d'une célébrité déchue. Par moments, il me rappelle Katriel, mais en vérité, je pourrais en dire autant de n'importe qui de notre groupe.

Drôle de bonhomme. Il se veut élégant, distingué. Pour ne pas froisser son costume élimé, il préfère ne pas s'asseoir.

Mains longues et effilées, regard intelligent, indulgent : on dirait qu'il prend en pitié celui qu'il daigne écouter, et plus encore le monde qui ne l'écoute pas, lui. Il passe pour neurasthénique, escroc, vagabond et mythomane d'envergure. Lui-même s'en tient à son titre de prince, d'où son sobriquet.

Les rumeurs à son sujet, Dan ne juge utile ni de les infirmer ni de les confirmer. Il se contente de hausser les sourcils en constatant d'un air navré à quel point ses ennemis manquent d'imagination. Lui, il en aurait à revendre.

On l'a vu, avant le déclenchement des hostilités, bombarder ministres et généraux d'offres d'aide financière et militaire. Sur du papier vélin, gravé à son nom et à son titre, il rédigea à la main nombre de mémorandums et de projets, plus confidentiels et plus urgents les uns que les autres. Ses missives restèrent sans réponse, ce qui ne l'offusqua point. Au contraire : il y vit un bon signe.

— J'ai d'excellentes nouvelles, confiait-il à ses compères. Encore une lettre qui n'a suscité aucune réaction. Cela prouve que tout va bien. Autrement, on m'aurait convoqué en haut lieu, non ?

— C'est l'évidence même, lui répondait-on poliment.

— Comprenez : si l'on n'a pas besoin de mes services, c'est que l'armée et le pays sont prêts.

— Cela va de soi, voyons.

Débordant d'énergie, d'activité, il ne tenait plus en place. Contrairement à ses habitudes et principes, il engageait la conversation avec des gens même de rang inférieur. Il leur exposait ses vues sur les problèmes de stratégie et de haute politique.

— Ne vous inquiétez pas, leur disait-il. Tout s'annonce bien. Je le tiens de source sûre et autorisée. D'ailleurs, je l'ai indiqué clairement dans mon rapport de ce matin.

— Quel rapport ?

— Cela ne vous regarde pas.

— Soumis à qui ?

— A qui de droit. Six sont partis hier. Par câble. Leur contenu doit rester secret .

Et sur un ton de confidence :

— On est optimiste, que cela vous suffise. N'insistez pas. Je n'ai pas le droit de vous en dire davantage.

Puisque cela lui fait plaisir, et pour le récompenser, j'incline à le reconnaître prince. D'autant que la naïveté de son histoire frôle la légende : elle est de celles que Jérusalem, depuis ses premiers malheurs, attise et au besoin fait naître dans le cœur de ces hommes condamnés à errer, en se demandant pourquoi et jusqu'à quand.

Au lendemain de la victoire, Dan rayonnait de fierté : « Vous voyez ? J'avais raison. Tout s'est bien passé. — Où étais-tu pendant la guerre ? — Un peu partout. — Sur quel front ? — Sur tous les fronts. » Et sur un ton plus bas : « Vous comprenez, j'ai dû tout voir, tout noter. Pour mes rapports. Ceux que je représente devaient être tenus au courant, c'est normal. »

Je pensai : pourquoi pas ? Nous sommes des messagers,

même si nous ignorons au service de qui, et le sens des communications. Si l'homme est le messager de l'homme, pourquoi le fou ne serait-il pas celui de Dieu ?

Il faisait encore jour. Une foule recueillie ondulait sur la place. Dan, dans un accès d'enthousiasme, se mit à me parler de son royaume. En l'écoutant, je redevins enfant. Oui, je savais qu'il existait un royaume juif retranché derrière les montagnes de l'Obscurité. Etabli par les dix Tribus perdues, protégé par le fleuve Sambatyon, lequel, en semaine, lance des pierres jusqu'au ciel, lapidant ainsi quiconque tenterait de le traverser. Au septième jour, les flots s'apaisent. Qu'un étranger en profite pour parvenir en fraude à l'autre rive, il est aussitôt appréhendé et traduit en jugement pour avoir transgressé les lois de Shabat. C'est pourquoi nul ne revient vivant de ce royaume.

— Tout cela est vrai, dit Dan avec nostalgie. Oh, je sais : logiquement, ma simple présence suffirait à prouver le contraire. Seulement, sache que notre royaume souverain se situe en dehors de la logique. Sur le plan de la raison, il aurait dû disparaître depuis longtemps : cela est même chose accomplie aux yeux de l'Histoire. Et après ? Nos ancêtres, là-bas, pour survivre, ont décidé de se passer de l'Histoire. Puisqu'elle ne veut pas d'eux, ils lui rendent la politesse. Le royaume se maintient pour se moquer de l'Histoire ainsi que de la raison.

Je gardai mon sérieux, cela lui plut. Il émit un petit rire :

— Et dire que dans mon pays natal j'étais historien. Eh oui, on y enseigne encore mes ouvrages dans les universités, on y discute mes théories, mes conceptions du temps, on admire leur originalité. A quinze ans, je publiai mon premier essai sur les civilisations disparues. A vingt et un ans, on me confia une chaire. On me traitait en gloire nationale, dont tous les caprices devaient être satisfaits. Un jour, j'eus envie de retrouver les traces des dix Tribus perdues. On mit à ma disposition argent, collaborateurs et moyens de transport. Au bout de quelques années, je finis par arriver, seul, sur la rive du Sambatyon. J'attendis le Shabat pour effectuer la traversée. Arrêté, je fus conduit le lendemain auprès du roi.

Un bref interrogatoire suivit : « Coupable ou non coupable ?
— Non coupable, sire. — N'as-tu pas violé la sainteté du
septième jour en venant ici ? — Si, sire. — Qu'as-tu à dire
pour ta défense ? — Seulement ceci, sire : je connais la loi
et je sais que, pour sauver la vie d'un seul être humain, il est
permis d'enfreindre le règlement du repos shabatique. Or,
notre peuple tout entier est maintenant en danger de mort. »

« Et je me mis à lui raconter ce qui se passait dans les
communautés juives exilées, dispersées au milieu des nations
hostiles. Pendant des jours et des jours, je ne fis que parler.
Au début, le roi et ses conseillers refusèrent d'ajouter foi à
mon récit. Puis ils se dirent qu'après tout il ne fallait pas
se faire trop d'illusions sur l'attitude de l'Histoire envers
ceux qui, jadis, s'étaient efforcés de la sanctifier en l'huma-
nisant. Un deuil d'un mois fut décrété à travers le royaume.
On leva une armée de volontaires. Par malheur, le Sambatyon continuait à leur barrer le passage six jours sur sept.
Trop peu purent partir, pas assez pour porter secours aux
condamnés, pas assez pour se défendre : ils périrent au
combat. Quant à moi, le roi me garda auprès de lui en me
disant : puisque nous ne pouvons rien faire pour nos frères
là-bas, fais-les-moi connaître au moins par la parole. Il me
consacra prince, mon domaine était la souffrance lointaine.

« Des années s'écoulèrent. Le monde s'était déjà remis de
ses guerres, et mon pays natal, libéré, avait reconquis ses
souvenirs, ainsi que sa place au sein des nations. Pour satis-
faire ma curiosité, je me mis en rapport, la technique aidant,
avec ses chefs et pus constater qu'on ne m'y avait pas oublié.
Au contraire : officiellement classé comme disparu en mission commandée, ma carrière posthume était plus brillante
qu'avant. Rues, squares et instituts portaient mon nom.
Résultat : ma réapparition électrisa le pays d'abord, l'étranger ensuite. Mais ce n'était rien en comparaison de l'excitation que provoqua l'annonce de la découverte d'un royaume
inconnu. On ne pouvait nulle part ouvrir un journal, ou
regarder la télévision, sans tomber sur ma photo, avec inter-
views et commentaires solennels d'un confrère qui m'avait
naguère joué plus d'un tour, d'un ami intime que je n'avais

41

jamais rencontré, d'une concierge se disant aimable et qui le fut bien peu. On ne parlait que de moi et, chose plus bizarre, on n'en disait que du bien.

« Vous voyez ? s'écriait notre président. Vous êtes le héros du jour, que dis-je, du mois, non : de toute une génération ! La Maison Blanche vous invite pour un week-end, le Kremlin pour un défilé. L'O.N.U. réclame un discours devant son Assemblée générale. Vous vous rendez compte, cher concitoyen et ami ? Vous n'êtes pas encore rentré que déjà l'on se dispute votre présence. A propos : quand rentrez-vous ?

« Je ne répondis pas immédiatement. Je ménageais mes effets. Le président répéta sa question. Alors, d'une voix calme et réfléchie, je lui fis part de ma décision de ne pas rentrer au pays. A l'autre bout du monde, le président resta bouche bée. Je repris : « Oui, vous m'avez bien entendu. » Le silence sur la ligne me fit comprendre qu'il s'était évanoui.

« Revenu à lui, il ordonna d'abord le secret absolu : l'intérêt suprême de la nation l'exigeait. Puis il convoqua le cabinet en séance urgente. Ses ministres ne l'avaient jamais vu en pareil état : il tremblait de fureur, de stupeur, répétant sans cesse les mêmes paroles : « Mais qu'est-ce qui lui prend ? Pourquoi nous fait-il cela ? » Dans la perplexité générale, un ministre émit l'avis que j'étais un agent communiste ayant mission d'humilier le régime actuel et ses alliés. Un autre préféra voir en moi un salaud de la droite réactionnaire cherchant à faire éclater la coalition gouvernementale de tendance gauchisante. La discussion s'envenima. Le président, s'étant ressaisi, crut utile d'intervenir : « Oublions les causes, Messieurs. Songez aux effets désastreux que l'entêtement de cet imbécile risque d'entraîner. Il y va de notre prestige, de notre sécurité. Aussi faut-il, coûte que coûte, le ramener. Comment y parvenir ? Voilà la question. La seule. Le reste peut attendre. » Ce brave président était un chef qui avait le sens des réalités. D'innombrables solutions furent envisagées et écartées. N'entretenant pas de relations diplomatiques avec le royaume, le gouvernement ne pouvait ni

le menacer ni l'amadouer ; il ne pouvait même pas lui transmettre une demande d'extradition. Y envoyer des agents
secrets pour m'enlever ? Ils ne franchiraient pas le Sambatyon.

« Finalement, en désespoir de cause, le président fit une
ultime tentative. Il s'adressa à mon bon sens : « Je vous parle
d'homme à homme. On vous aime, on est fier de vous. Reve-
nez et tous vos vœux seront exaucés. — Non, dis-je. — Pourquoi ? Qu'espérez-vous obtenir, accomplir ? Quelles sont vos
exigences, vos conditions ? — Je n'en ai pas. — Je ne vous
crois pas, je ne crois pas aux actes gratuits, aux grands gestes
symboliques. Si c'est du chantage, dites-le : j'accepte vos
termes. — Non, dis-je, il ne s'agit pas de cela. — Alors, de
quoi s'agit-il, sapristi ? — Je vous l'ai dit, je n'ai pas envie
de rentrer, c'est tout. Les honneurs, les prix, les fêtes que
vous me promettez, tout cela me paraît bien pâle vu d'ici,
sans valeur et sans consistance. »

« Le président dut serrer les lèvres et les poings pour
contenir sa rage. Je poursuivis : « Votre pays, tous les pays,
tous les systèmes, j'en suis écœuré. Déshumanisés, les
hommes se font de plus en plus mal, de plus en plus horreur.
La fraternité, la solidarité : quelle triste plaisanterie ! Mon-
trez-moi une société viable et je viendrai m'y intégrer ; mon-
trez-moi un seul coin tranquille et je rentre m'y établir. Il
n'y en a pas, et vous le savez. Votre univers tout entier croule
sous la violence, la haine. A l'holocauste d'hier succédera
celui de demain, et il sera total. — Mais cela a toujours été
ainsi ! s'exclama le président. Depuis que le monde est
monde... — En effet, coupai-je, cela a toujours été ainsi. La
connaissance et la douleur vont de pair. Plus on sait, plus
on désespère de sa condition. Plus on avance, plus on se
heurte à l'immensité du mal. Ne m'interrompez pas. Je sais,
vous l'avez dit : cela a toujours été ainsi. Et après ? Je dis
qu'il est temps que quelqu'un se révolte et fasse entendre sa
colère en disant : non, je ne marche pas. — Faites-le ici,
d'autres l'ont fait et le feront encore ! — Ce n'est pas la même
chose. Voyez-vous, naguère, l'homme pouvait fuir le danger,
l'inhumain, en changeant de ville, de province, de continent.

Aujourd'hui, il ne reste plus un endroit où aller, où se cacher. C'est pourquoi vous l'envoyez, en précurseur, en éclaireur, dans l'espace et dans les profondeurs de l'océan : la terre, partout, brûle sous vos pieds. Et ne me vantez pas les bienfaits, les idéaux de la recherche scientifique : tous vos savants réunis ne seraient pas capables d'assurer la sérénité, sinon le bonheur d'un seul être, alors qu'il leur serait facile d'anéantir jusqu'au dernier homme sur la planète. Et vous voudriez sérieusement que, de mon propre gré, je revienne dans votre poudrière ? Vous courez tous au suicide, et vous aimeriez m'avoir, moi, comme complice ? »

« Le président s'étouffait. Je l'entendis murmurer : « Il est fou, ma parole, il est fou. — Idée géniale, » s'écria un ministre.

« Eberlué, le président ne saisit pas tout de suite la beauté de la solution qu'involontairement il venait d'énoncer. Plus tard, il en fut fier. Les épreuves subies durant l'expédition, les années dans les déserts m'avaient fait perdre la raison : telle fut l'explication fournie dans un communiqué spécial lu par le porte-parole du gouvernement. Et le public a marché. Il ne se doutait de rien. A l'admiration qu'il vouait au héros, s'ajouta la pitié qu'il accordait au martyre. Les techniciens de l'information avaient bien fait leur travail.

« Moi, je ne leur en tenais pas rigueur. Ils avaient fait leur choix, moi aussi. J'apprenais à ne plus y penser. Alors que l'on me croyait enfermé, surveillé, en traitement, je vivais heureux et libre, jouissant des faveurs du roi. De mon palais, je voyais les montagnes de l'Obscurité, que le soleil lui-même ne peut percer. Regarde-les autant que tu le désires, me disait le roi. Chez nous tu peux, sans crainte, tout regarder et tout aimer ; chez nous, les surprises ne s'émoussent jamais. »

Et, transfiguré, Dan me décrivait son royaume que l'enfant en moi, fasciné, avait tenté de pénétrer jadis. Je le lui enviais.

— Pourquoi l'as-tu quitté ?

— J'ai dû. Le roi en personne m'a chargé d'une mission exceptionnelle : venir ici et juger si son intervention est nécessaire. En me congédiant, il me donna l'accolade et me dit : « Si nos frères sont menacés, préviens-moi à temps et nous prendrons les mesures qui s'imposeront. » Il m'accompagna un bout de chemin, mit sa main sur mon épaule et me souhaita bon voyage : « Tâche cette fois-ci de nous ramener des contes d'un autre genre. » La pression de sa main sur mon épaule, je la sens encore.

— Quand comptes-tu y retourner ?

— Bientôt. Dès que les choses, ici, auront l'air de s'arranger.

— Me prendrais-tu avec toi ?

— Volontiers. Le voyage est court, mais épuisant. On le fait sans bagage. Une fois arrivé, tu vivras différemment. Tu te croiras revenu deux mille ans en arrière. Comme s'il n'y avait pas eu de croisades, d'inquisition, de pogroms. Comme s'il n'y avait pas eu d'holocauste en Europe. Cela te tente ?

Je lui mentis en disant oui. Je sais que je ne partirai pas encore d'ici. Lui non plus. Manque d'envie ? Peut-être. Manque d'initiative, d'illusions ? Possible. Peut-être attend-il aussi quelqu'un ? Comme moi. C'est pourquoi, soir après soir, Dan vient me rejoindre : pour que je le voie rêver, d'un air inconsolable et hautain qui lui sied bien, à un royaume imaginaire où les princes comme lui n'ont pas peur d'aimer la nuit.

La peur : née de la guerre, elle survit à la guerre. On n'en discute qu'après, tout le monde sait cela. Chez les illuminés elle conduit à l'extase, chez les fous à l'abîme. Les mendiants, eux, s'amusent à la glorifier en jurant, et c'est en jurant aussi qu'ils l'exorcisent.

Ce soir c'est Itzik, un camionneur bâti en colosse, qui en parle le mieux :

— Je vais vous dire, frères, ce qu'est la peur. Elle est une bête qu'il faut tuer avant de tuer. Autrement, on est fichu. Tenez, moi qui vous parle. Près d'El-Arish, dans le Sinaï, le diable m'envoya un gars deux fois ma taille, ce qui n'est pas peu dire. Ah, je tremble encore, rien qu'en y pensant...

Ses récits, il les illustre en les mimant. Son corps y participe autant que sa voix. Peut-être est-ce parce qu'il est l'un des rares compagnons dont les souvenirs relèvent de l'histoire immédiate. Les autres, se voulant contemporains de leurs ancêtres, n'accepteront jamais de se limiter au présent. La vérité chronologique, ils s'en moquent. Peu leur importe que les faits qu'ils relatent soient arrivés à d'autres témoins, dans une ère depuis longtemps révolue ; ils n'en feront pas moins des histoires vécues. Celles d'Itzik, plus récentes, ont l'avantage de jouir d'un semblant d'authenticité.

— Ah, il était costaud, le gars, dit Itzik en crachant dans ses mains. Le fusil-mitrailleur à la hanche, comme moi. Mes copains étaient déjà loin, les siens aussi. Le petit bout de désert, découpé dans les dunes, me semblait plus vaste que le désert. Un instant, nous restâmes stupidement face à face.

L'œil méchant, haineux. Le doigt sur la gâchette. Mes jambes, veuillez bien me croire, flageolaient. Je pensais : pauvre Itzik, tu n'as pas de veine, le dernier homme que tu auras vu avant de déguerpir de ce monde idiot sera ton assassin. Alors, je poussai un hurlement et mon arme cracha tout son saoul. Je l'ai échappé belle.

— C'est ton hurlement qui l'a tué, dit Shlomo l'aveugle.

— Tu es dingue, ou quoi ? J'ai hurlé parce que j'avais peur, moi. J'ai hurlé pour tuer ma peur. La tuer pour pouvoir tirer, tuer, vivre. Si le gars en face de moi avait pensé à ma peur plutôt qu'à moi, c'est lui qui m'aurait eu. Elle était son alliée, sa cinquième colonne, comme on dit chez les gens éduqués. Elle le précédait, fendait l'armure et l'invitait à entrer. C'est pourquoi j'ai hurlé : pour détourner son attention. Pour qu'il pense à moi et non à ma peur.

— C'est ton hurlement qui l'a tué, dit Shlomo, obstiné. Tu l'as surpris. Il a dû se dire : tiens, je ne savais pas que la Mort hurlait comme ça. Tu as tiré sur un cadavre.

Jugeant son honneur atteint, Itzik se fâche :

— Oses-tu insinuer que j'ai manqué à mon devoir ? Que j'ai été sauvé par un autre ? Par toi, peut-être ?

Yakov, éternel conciliateur, essaie de le calmer :

— Que vas-tu chercher là, Itzik ? Pour nous, tu es un héros, tu le sais bien. Seulement, Shlomo suggère que, en temps de guerre, parfois c'est le courage qui tue, d'autres fois c'est la peur.

— Dans ce cas, ça va, dit Itzik, soudain de bonne humeur. Je ne comprends pas ce que cela signifie, et moins encore ce que cela a à voir avec moi, mais je ne suis pas difficile : les excuses, comme les compliments, je les accepte même sans les comprendre.

Un jeune officier, lieutenant dans l'aviation, ouvre des yeux ronds :

— Vous... vous avez vraiment fait la guerre ?

— Dis donc, fiston ! le réprimande Itzik. Un peu de respect ! J'ai reniflé la poudre avant toi et plus que toi !

Décontenancé, l'officier marmonne un mot d'excuse, se racle la gorge :

— Le problème me passionne. Qu'est-ce qui attire la foudre : la peur ou l'absence de peur ? En d'autres termes : de qui doit-on se méfier au combat : du casse-cou intrépide que rien n'effraie, ou du retardataire que le moindre bruit fait trembler ? L'un par sa témérité et l'autre par sa prudence sont capables de causer votre perte. Car il existe un point où la faiblesse et la bravoure se valent et s'annulent.

— Et ce point-là, où le situes-tu ? lui demandai-je.

— Je ne saurais pas y répondre.

— Moi je sais, dit Moshe l'ivrogne. Dans le rire.

— Dans la prière, rétorque Zadok.

— Dans l'insolence, dit Velvel.

Le lieutenant, accroupi près de celui-ci, se frotte le front et murmure :

— Vous vous moquez de moi.

Velvel, pitre attitré de l'assemblée, le pousse du coude :

— Tu paries que non ?

L'aviateur se sent inconfortable, mais, plutôt que de l'admettre, il décide de jouer le jeu :

— Soit. Disons que vous n'êtes pas en train de monter une farce. Vous êtes contents ?

— Tu paries que...

Pour le nain borgne, parier est une manie. Dans un abri surpeuplé, pendant le bombardement de Jérusalem, il fit crever la tension en taquinant un écolier blême de terreur : parions que tu refuseras de parier avec moi.

— A la différence de vous tous, vénérables compagnons, j'avoue n'avoir jamais mis les pieds au front, déclare Velvel. Ce n'est pas ma faute. J'ai les oreilles trop sensibles ; elles ne supportent pas le bruit. Cela ne m'empêche pas d'avoir la frousse, à distance, comme tout le monde. Comment je me débrouille pour la déjouer ? Rien de plus simple. Je me lance un défi : parions que tu as peur. Résultat : je gagne à tous les coups.

L'aviateur rit poliment. Ne sachant plus que penser, il semble contrarié, irrité. Il tente de se lever. Itzik, de son bras pesant, le retient :

— Dis donc, fiston ! Tu manques de courtoisie envers les orateurs suivants !

Qu'il est drôle, Itzik, quand il prend ses grands airs. Mes compagnons ne font pas de discours. Les qualifier d'orateurs serait exagérer leurs défauts. Fantasques, compréhensifs, ils demandent la parole, l'obtiennent, la libèrent et la rendent aussitôt. Des orateurs, eux ? Ecoutons Ezer ben Abraham, et vous me direz s'il en est un. Est-ce qu'il discute philosophie ou politique ? Non. Est-ce qu'il cherche à prouver quoi que ce soit, à convaincre, à plaire ? Non plus. Il ne fait que raconter sa rencontre orageuse avec un sultan puissant et terrible qui se mit en tête de le convertir, lui, à l'Islam.

— C'était horrible, frères, hor-ri-ble, vous dis-je. Si vous saviez les choses qu'il m'a offertes ! Sa fille pour épouse et son royaume comme cadeau de noces. Je lui disais que sa fille était trop belle, son royaume trop grand pour un vieux Juif comme moi. Malheureusement, j'avais affaire à un sultan têtu ; il tenait à son idée plus qu'à ses sujets. Alors, je lui disais qu'un Juif pieux comme moi ferait un piètre musulman, et que de toute façon j'étais déjà marié. Rien à faire. Finalement, à bout d'arguments, je lui expliquai que sa fille méritait d'épouser un guerrier vaillant, et non pas un vieillard apeuré comme moi. « Tu mens ! s'écria-t-il. Tu t'inventes des défauts pour repousser mon offre ! — Je ne mens pas, je le jure ! » Bref, il ordonna ma mise à mort. Alors, je me mis à pleurer et — croyez-le ou non — je fus sauvé par mes larmes. Le sultan y vit une preuve de lâcheté, donc de sincérité de ma part, et me pardonna : « Je me rends compte que tu n'as pas menti, tu ne mérites pas les honneurs que j'allais t'accorder. » Il me chassa hors de son palais, hors de sa ville. Conclusion : pleurer est parfois utile.

— Tout cela n'est rien à côté de ce que je vais vous raconter, moi, coupe Moshe. Un roi très chrétien et fort érudit convoqua un jour notre communauté à une disputation théologique. Il s'ennuyait, le pauvre. Et lorsque les rois ou les peuples s'ennuient, cela va mal pour les Juifs. Nous avons souvent été le meilleur remède — et le moins cher aussi — contre l'ennui ; nous le sommes encore. Ils appellent cela faire de la théologie. Passons. Nous avions un mois pour nommer nos délégués et préparer leurs dossiers. Un mois d'inquiétude, d'insomnie. Premier problème : qui envoyer ? Deuxième problème : quelle ligne adopter ? Explication : faut-il confier cette mission, si délicate et si lourde de conséquences, au membre le plus intelligent ou le plus ignorant de la communauté ? Faut-il prier pour une victoire ou un échec ? Les uns disaient : nous ne manquons pas de savants, qu'ils fassent leur devoir ; il y va de notre foi, il faut la défendre coûte que coûte. Les autres, réalistes et modérés, s'y opposaient : sauver l'honneur, c'est bien, mais comment savoir si le roi ne se vengerait pas d'une victoire juive sur les prêtres ? Comme les gens n'arrivaient pas à se mettre d'accord, je leur proposai ma candidature. Inutile de vous dire qu'elle fut saluée par une explosion de rires. Un rabbin s'exclama : je veux bien croire qu'un ivrogne comme toi ait du courage, mais il ne suffit pas de faire preuve d'insolence pour mener à bien un dialogue de ce genre. Je répondis : nos textes sacrés, je ne les connais pas ; je connais encore moins leurs livres à eux ; mais comme imposteur, je suis imbattable. Je finis par avoir gain de cause. C'est que je leur avais parlé raison : si je perds, tout le monde blâmerait mon ivresse ; si je gagne, le roi y verrait une plaisanterie et, pour ne pas devenir la risée de tous, il devrait se montrer charitable. Donc, au jour indiqué, je me rendis à la cathédrale qui regorgeait de dignitaires aux habits dorés, de moines au regard sévère, de courtisans obséquieux et ridicules. Je ne m'étais jamais senti si saoul ni si honoré. Je n'arrivais pas à croire que si tous ces gens importants s'étaient dérangés et avaient abandonné leurs occupations habituelles, c'était pour venir me voir et m'écouter. Moi, je n'écoutais pas. Çà et là, j'attrapais une phrase trop compliquée, une accusation trop simple : je n'y comprenais goutte. Que vous dire, frères ? Mon calme fit grande impression. Mon assurance ébranla celle de mes adversaires. Et lorsque vint mon tour de faire mon exposé, je ne fis que les confondre davantage. Le cœur léger, un peu trop léger peut-être, ne souffrant d'aucune inhibition imposée par la connaissance,

51

je m'exprimais librement, sans même entrer dans leur logique à eux. Quant à la mienne propre, mieux vaut ne pas la
mentionner. Je disais n'importe quoi, mais avec beaucoup
d'aplomb, et les braves penseurs d'en face étaient persuadés
que je citais Dieu sait quel docte ouvrage. Ils finirent naturellement par s'embrouiller et leurs arguments devenaient
aussi obscurs que les miens. Malgré sa drôlerie, le débat
connut une clôture justement prématurée. Et le roi, n'ayant
jamais si bien ri de sa vie, me fit cadeau d'un tonneau de
vin et m'interdit, en revanche, de me produire en public.
Moralité : aucune communauté ne subsisterait sans ses ivrognes.

— Je dois partir, dit l'aviateur ruisselant de sueur.
— Pas avant d'avoir entendu Zalmen, dit Itzik.
— Un jour, dit Zalmen, notre régiment reçut la visite de
Yehuda. Je n'oublierai jamais son discours. Il nous ensei-
gnait l'art de surmonter la peur sans se servir du courage :
« Pourquoi dresser deux sentiments humains l'un contre
l'autre ? Faites-en plutôt des alliés ! »
— Ah oui, c'était un grand soldat, opine un admirateur.
— Yehuda ? Quel Yehuda ?
— Nous n'en connaissons qu'un seul : le chef des Maccha-
bées.
— Ah bon, je vois, dit le lieutenant aviateur.
— Tu paries que tu ne vois rien ? suggère Velvel.
— Et Bar-Kochba, vous vous en souvenez ? poursuit Zal-
men d'une voix mélancolique. Le jour où il leva l'étendard
de la révolte contre Rome, il me convoqua à son quartier
général enfoui dans les montagnes et...
— Bien sûr, ricane le lieutenant. Bar-Kochba... Rome...
quoi encore ?
— Un peu de respect, grommelle Itzik. Tu entends, fiston ?
Face à nous, tu n'es qu'un blanc-bec !
— Ah, cette jeunesse d'aujourd'hui, commente Zalmen.
Elle ne regarde que ce que ses yeux lui montrent. Sache,
jeune homme, que lorsque nous nous sommes battus ici,
tu n'étais pas encore né. Les Babyloniens, les Grecs, les
Romains, les croisés, les Musulmans : les guerres que l'on

t'enseigne à l'école, sache que nous les avons faites ! Et si tu ne sais pas cela, tu perds ton temps à vouloir nous imiter.

— Bien sûr... Les Babyloniens. Les Chaldéens. Les Phéniciens. Tant que vous y êtes, allez-y. La liste est longue.

Notre aviateur fait peine à voir. Il est en nage. Il sent sa raison défaillir. S'énerver ne servira à rien. Il se dit qu'il attendra la prochaine patrouille pour appeler au secours. D'ici là, il se tiendra tranquille.

Meneur de jeu, Velvel impose l'hilarité. Les mendiants s'amusent en battant des mains, les fous en bredouillant des phrases inachevées, incohérentes. Une patrouille, faisant sa ronde, s'arrête pour écouter. L'aviateur se dit : c'est ma chance. Il la laisse passer. Pourquoi ? Il ne le sait pas lui-même. Pris dans l'engrenage. Comme nous, il aimera l'attente. Le Mur, proche et mystérieux, semble aspirer nos ombres changeantes. Velvel décide de s'attaquer à moi :

— Et toi, tu ne dis rien ?

— Je préfère écouter.

Il insiste. Vais-je leur parler de Katriel ? Leur avouer qu'il avait peur, lui ? Ils en riraient. Velvel s'exclamerait : tu nous embêtes avec ton Katriel ! Qu'a-t-il fait d'héroïque ? Quelles chaînes a-t-il brisées, quelles puissances a-t-il défiées ? Comment lui répondre ? Comprendrait-il que c'est la simplicité de Katriel qui le rendait singulier ?

— Je vais vous raconter une histoire.

— Est-ce qu'elle traite de la peur ?

— Oui, si on veut.

— Est-elle vraie, au moins ?

— Bien sûr. Toutes nos histoires le sont.

— Bon. Commence.

Je leur raconte l'histoire des trois patriarches, pères de la civilisation humaine, dont il est écrit qu'ils ont pour mission de parcourir la terre des hommes, de l'aurore au crépuscule et jusqu'à l'aurore suivante, et de communiquer en haut l'éternelle souffrance d'un peuple éternellement élu pour le meilleur et le pire.

Un jour, ils se présentèrent devant le trône céleste pour faire leur rapport. Dieu les reçut en souriant :

— Quoi de neuf ?

— Aujourd'hui, Seigneur, nous n'avons rien à signaler, déclara Abraham, radieux.

— Rien à Te reprocher, ajouta Isaac, songeur.

— Eh oui, Tu as tenu Ta promesse, murmura Jacob, surpris de l'énormité de ce qu'il venait d'énoncer.

Evénement sortant de l'ordinaire : le destin d'Israël s'accordait à nouveau avec le Dieu d'Israël.

La nouvelle eut vite fait de se répandre. Il y eut naturellement une grande réjouissance là-haut. Anges et séraphins se surpassèrent, composèrent chants et danses et hymnes de gloire, et emplirent l'univers de leur ivresse. Profitant de l'occasion, les damnés du purgatoire demandèrent — et obtinrent — réduction de peines et amnistie. Quant à Satan, réaliste, il se cabra dans l'ombre de lui-même, grinçant des dents et se bouchant les oreilles.

— Où est le Messie ? s'enquit soudain le Seigneur. Pourquoi n'est-il pas de la fête ?

Michaël, qui a la destinée d'Israël sous sa charge, alla le quérir et revint aussitôt, hors d'haleine :

— Il a disparu ! Il n'est pas dans son sanctuaire !

Cris de consternation, de douleur. Les chanteurs cessèrent de chanter, les sages de méditer. Bouleversés, les trois patriarches s'entre-regardèrent avec appréhension. Dieu seul demeura impassible.

— Il est incorrigible, dit-il, paternel. Trop impatient. Mais comment lui en vouloir ?

Il s'interrompit et prit un ton dur :

— Qu'on me l'amène ! Si besoin, employez la force.

Ce qui fut fait. En présence de sa cour, Dieu interrogea le fugitif :

— D'où viens-tu ?

— De Jérusalem, Seigneur.

— Tu as encore essayé de me forcer la main ? De précipiter le cours de l'histoire ?

Le Messie, pâle et accablé, baissa le front et ne répondit pas.

— Alors ? tonna la voix du Seigneur. Tu ne te défends même pas ?

— Il va encore invoquer des circonstances atténuantes, persifla Satan tout bas.

— J'avais peur, dit le Messie. Peur pour ton peuple. Et puis... je ne pouvais pas agir autrement. Je n'ai fait que les suivre...

— Qui donc ?

— ...Je ne pouvais pas rester en arrière. En les voyant dans leurs multitudes, obstinés et graves, en les voyant descendre sur terre, portant secours à leurs enfants qui sont aussi les tiens, je ne pouvais que me joindre à eux, devenir l'un d'eux. Leur volonté fut plus forte que la mienne et la tienne, leur amour aussi. Que veux-tu, Seigneur ? Ils étaient six millions.

Et parce qu'il avait la tête baissée, il ne put voir ses ancêtres qui lui souriaient avec fierté, et peut-être aussi avec quelque remords : une génération auparavant, ils avaient tenté d'agir comme lui ; ils avaient échoué.

— Tu l'as vu, toi ? me demande Shlomo, mon ami aveugle.

— Non, dis-je.

Un moment, nous gardons tous le silence. Chose incroyable, mais Velvel n'en profite pas pour proposer un pari.

— Moi je l'ai vu, dit Zadok.

Tous les regards sont braqués sur lui. Intimidé, le Yéménite respire profondément et ajoute :

— En rêve.

A son tour, Shlomo demande la parole :

— J'aimerais vous narrer ma rencontre avec Yeoshua. Vous vous en souvenez ? Le prêcheur innocent qui n'avait qu'un mot à la bouche : amour. Je l'ai vu le jour où on l'a crucifié. Pas loin d'ici.

— Crucifié, bafouille l'aviateur hébété. Pas loin... Yeoshua... Vous êtes fous...

— Je m'approchai de lui et lui dis : ce n'est pas toi que j'attendrai. Il semblait serein, en paix avec son âme, avec la

55

création tout entière. J'essayai de lui faire comprendre que ce n'était pas la première fois qu'un Juif mourait pour sa foi ; mais les autres martyrs étaient allés à leur mort en pleurant, en criant de douleur. Pour eux, pour nous, aucune mort n'est digne d'être invoquée et sanctifiée. Toute vie est sacrée, et c'est inhumain que de s'en séparer dans la joie. « Tu es en colère ? me demanda-t-il. Contre moi ? — Non, répondis-je. Pas en colère. Seulement triste. — A cause de moi ? — Oui, à cause de toi. Tu crois souffrir pour moi et mes frères, alors que nous allons souffrir pour toi, à cause de toi. » Comme il refusait d'y croire, je me mis à lui décrire ce que ses adeptes allaient commettre en son nom et pour répandre sa parole. Je lui brossai de l'avenir un tableau qui lui fit voir les victimes innombrables persécutées et broyées sous le signe de sa loi. Alors, il éclata en larmes de désespoir : « Non, non ! ce ne sera pas ainsi ! Ce n'est pas ainsi que j'ai prévu le règne de mon esprit ! » Ses sanglots me brisèrent le cœur, j'eusse tant voulu l'aider. Je le suppliai de rebrousser chemin, de revenir à son peuple. Trop tard, répondit-il. Une fois sur sa lancée, la pierre ne peut plus s'arrêter. Une fois allumée, l'étincelle ne peut que s'éteindre. A la fin, pris de pitié, je pleurai, non seulement pour nous, mais pour lui aussi.

— Tu aurais dû le faire rire, dit Velvel avec colère.

L'aviateur s'éponge le front, pense qu'il deviendra fou, et se demande s'il ne l'est pas déjà.

Quelques semaines plus tôt, au P.C. du *sgan-aluf* Gad, je me disais que le jeu était fini : le mal qui m'habitait allait enfin m'emporter. La guerre devait me fournir l'occasion de me voiler la face et de m'en aller, tel un fantôme, avec les visions et les craintes qui s'évanouissent à l'aube. Gad feignait ne pas l'avoir deviné. Débordé, tiraillé par ses supérieurs, harassé par ses subordonnés, il m'expliquait, entre deux sonneries du téléphone, que ma place n'était pas au milieu d'un bataillon de choc faisant mouvement vers le front. Pourquoi pas ? Trop dangereux.

— Tu n'es pas sérieux, j'espère.

— Si, dit Gad.

Je souris en moi-même : cela faisait des années que je courais après la mort.

— Tu me crois donc incapable d'affronter le danger ?

Gad rétrécit son regard :

— Il ne s'agit pas de cela.

— De quoi s'agit-il, Gad ?

— Les civils n'ont que faire au front.

— Ce pays est petit. Le front est partout.

Il se rembrunit :

— Je n'ai pas le temps de discuter. Nous en reparlerons une autre fois. Pas maintenant.

Je m'obstinai :

— Désolé de t'importuner, mon vieux. Je te préviens : tu ne te débarrasseras pas de moi.

Alors, il me dévisagea fixement, puis esquissa un geste d'impuissance, et je sus que j'avais gagné la partie.

— J'espère, lui dis-je, que tu résisteras mieux aux ennemis qu'aux amis.

Notre amitié, enracinée dans notre passé estudiantin, était demeurée intacte. Elle avait vu le jour dans l'Europe d'après-guerre. Lui venait de Palestine, moi d'une terre maudite. Il me décrivait Jérusalem, j'évoquais pour lui l'univers de la Diaspora, ses enchantements et ses misères, ses sages et ses enfants, disparus dans la tempête.

Adolescents en quête de ferveur, nous flânions des heures durant dans les rues et les jardins, discutant gravement, avec passion, du but de l'existence, de l'homme, de ce qui les définissait, de ce qui les élevait. Tout devenait découverte, joie première, ou sujet d'angoisse : un roman, un poème, un sentier inconnu où nous espérions rencontrer un immortel vieillard, un fou sans âge qui nous guiderait. Ensemble nous nous appliquions à distinguer le reflet de la source, ensemble nous pesions le pour et le contre de l'engagement, ensemble nous faisions l'expérience de l'interrogation, du doute, de la colère.

Nous étions à l'âge où le moindre événement se confronte aux problèmes métaphysiques immuables. Nous ne fréquentions aucun cercle, nous n'appartenions à aucun groupe organisé. Les aventures nous semblaient puériles, les femmes une perte de temps. L'amour, nous y voyions un compromis hasardeux, l'aveu d'une faiblesse, une fin prématurée, un renoncement, puisque par définition il liait l'homme à un seul être, d'une seule manière. Ambitieux et naïfs, nous aspirions à plus haut, à plus grand. Nous fuyions le simple, le facile. Nous ne savions pas encore que le défi, au-delà d'une certaine limite, devient piège et artifice. Obsédés par le but, nous méprisions le chemin menant à lui ; nous ne savions pas encore que le propre de l'homme est précisément d'adapter l'un à l'autre. Le monde, et ses plaisirs terrestres, n'était pas pour nous. Seul, l'infini était digne de notre attention.

Puis, l'inévitable se produisit. Elle s'appelait Leah. Cheveux foncés, nez retroussé, bouche moqueuse, sourire engageant. Romantique. Suffisamment coquette pour faire remarquer ses airs suffisamment mystérieux. Etudiante comme nous. Etrangère comme nous. Ensemble, nous décidâmes donc qu'elle était vaniteuse, méchante, égoïste, maniérée et sans doute ennuyeuse, bref : à éviter. Ensemble, nous nous mîmes à la haïr, à secrètement l'aimer, à nous épier, à nous détester l'un l'autre. Elle, douce et compréhensive, nous aima tous les deux, quoique séparément, nous octroyant les mêmes promesses et les mêmes faveurs, et s'arrangea en même temps pour s'éprendre d'un troisième, nous renvoyant ainsi à notre amitié.

Peu après, éclata la guerre d'Indépendance. Gad choisit la carrière militaire, moi je restai déraciné. Je n'étais pas fait pour porter l'uniforme ni pour m'accrocher à un terrain donné. La tête dans les nuages, je les priais de m'emporter toujours plus loin, le plus loin possible. Jérusalem, la Galilée, les kibboutzim : la vie y avait un sens, et je croyais n'avoir pas le droit d'y prendre part. Aspirer au bonheur, aux joies simples, c'eût été trahir le monde d'hier auquel j'appartenais.

— Tu n'as jamais été soldat, me dit Gad, comme pour récapituler. Tu ne sais pas manier les armes. Que veux-tu que je fasse de toi ici ?

— Tu es commandant, c'est ton problème.

La conversation fut interrompue à maintes reprises par la radio qui le reliait à ses unités et fonctionnait sans arrêt. Des officiers avaient des questions, des précisions à lui demander, des messages à lui transmettre. Il lui restait une foule de choses à régler, des plans à ajuster, à changer, des ordres à donner et à annuler. Là-dessus, un capitaine lui apprit que l'un de ses hommes, s'étant fracturé la cheville au cours d'un exercice, allait être hospitalisé.

— Tu vois ? lui dis-je. C'est là un signe du destin. Ton effectif n'est pas au complet ; il lui manque un homme.

Le problème de l'hébergement me parut résolu, c'était l'essentiel. Du coup, je me sentis d'excellente humeur.

— Ne compte pas sur moi pour remporter la victoire, mais je te promets de ne pas te la faire perdre.

— Et le règlement, tu t'en moques, hein ?

— Ecoute, mon vieux. De deux choses l'une : ou bien nous gagnons la guerre et tout te sera pardonné, ou bien nous la perdrons et rien n'aura plus d'importance.

Piqué au vif, Gad s'assombrit. Quelque chose en lui se durcit, se raidit. Agrippant la table, il se pencha en avant et dit très bas, très lentement :

— De deux choses l'une : ou bien tu restes et alors tu me feras le plaisir d'écarter toute possibilité de défaite, ou bien c'est la mort qui t'attire encore et alors tu ferais mieux d'aller la chercher ailleurs.

Je restai muet, et rougis. Croire en la victoire ? C'était vite dit. Je ne croyais plus en rien. Une fois de plus le feu allait nous consumer, une fois de plus le monde laisserait faire. Comme d'habitude. C'est pour cela que je tenais à être dans le creuset. J'étais convaincu que, acculés au choix entre deux formes de mort, et non pas entre vivre et mourir, nous allions au-devant d'une réédition du suicide collectif de la forteresse de Massada, du soulèvement désespéré du ghetto de Varsovie : nous qui avions appris au monde l'art, la nécessité de survivre, nous serions trahis par lui une fois de plus. Et je m'interdisais de subir l'événement en spectateur, ou en témoin.

Gad me connaissait trop pour ne pas lire mes pensées.

— Il y a deux jours, dit-il, j'ai reçu la visite d'un jeune volontaire d'outre-mer. Je lui ai posé une question fort simple. Je lui ai demandé ce qui l'avait poussé à venir. Il m'a répondu avec une franchise déroutante : « Le désir de mourir avec vous. » Il s'attendait à des félicitations, j'étais hors de moi. Je l'ai chassé de mon bureau en le remerciant : c'est gentil de vouloir périr avec nous, seulement nos funérailles nationales — si j'ose dire — n'auront pas lieu. Tu m'entends, toi ?

Son assurance me troubla. Elle me parut puérile. Les faits, ami, tu oublies les faits. La supériorité numérique de l'ennemi, l'indifférence des amis, l'abandon des alliés.

— Ta certitude frôle la folie, murmurai-je.

— Et après ? Depuis quand la folie t'effraie-t-elle ? Moi, seule la mort me fait peur.

Je m'efforçai de sourire :

— Je conçois qu'on fasse la guerre pour mourir ou pour échapper à la mort. Mais on ne gagne pas la guerre en invoquant la folie.

Il réfléchit un moment et une lueur des années oubliées émergea dans son regard sombre :

— Qu'en sais-tu, hein ? Tu n'en sais rien.

Plus tard, beaucoup plus tard, devant le Mur à peine reconquis, Gad me cria dans l'oreille :

— Tu vois ? Ne te l'avais-je pas dit ? On peut chasser la mort, vaincre à la guerre en invoquant la folie.

Il tomba peu après.

Un souvenir : terrassé par une pneumonie, je laisse parler ma fièvre : tu sais, Maman, je ne suis pas triste, ni effrayé, vraiment pas ; ne le sois donc pas non plus. J'ai mal, oui, très mal. Ici. Oui, ici aussi. A la nuque. Au dos. Quelqu'un joue avec un fer rouge dans ma tête. Et dans mes poumons. Je brûle. Je gèle. Mais cela ne fait rien. Cela ne durera pas, tu sais. Le médecin nous l'a dit. Aie confiance. Et puis, crois-moi, ce n'est pas si terrible. Que je guérisse ou non, cela n'a pas grande importance, vraiment pas. Mais je ne veux pas mourir vivant, je ne veux pas qu'on m'enterre vivant. C'est la seule pensée qui me mine ; elle me paralyse. On me croira mort et je crierai que je ne le suis pas encore, pas encore. Je supplierai les gens de noir vêtus de la *Khevra Kadisha* de ne pas allumer des bougies à mon chevet, de ne pas me mettre dans le cercueil, de ne pas réciter les incantations funèbres, de ne pas me déposer dans le trou. Je crierai : ne m'abandonnez pas, ne vous en allez pas, pas encore. Personne ne m'entendra. Sauf l'Ange exterminateur qui entend tout, car tout lui appartient. Il rira et j'ai peur de son rire. Rien d'autre ne me fait peur, crois-moi.

Et ma mère, assise au bord du lit, visage labouré de larmes, vieillit et se rétrécit à vue d'œil. Et elle murmure, lancinante, une fois, dix fois : tais-toi, mon enfant, tais-toi, tais-toi.

Rétabli, je me libérai de ma peur. Je ne l'ai retrouvée que

bien des années plus tard. Mais le murmure de ma mère, je le perçois encore ; et son visage, parfois éclipsé lors de mes pérégrinations, ne me quitte plus, depuis que j'ai choisi ce lieu pour y ancrer mes souvenirs. Jamais je ne l'ai vue si proche, si tendue. Parfois, elle semble me sourire : tu es venu au rendez-vous, c'est bien. D'autres fois, je crois deviner en elle un vague reproche : ton mutisme me déplaît et me désole. Alors je reconnais avec honte que, en vérité, depuis ma maladie je ne lui ai plus rien dit, ou si peu, de mes projets, des craintes et des ambitions qui ont imprégné mon enfance. Ce n'est pas ma faute. J'avais deux mères : celle de tous les jours était accaparée par son travail au magasin et à la cuisine ; le Shabat, elle se transfigurait et devenait autre, rayonnante et inaccessible. Aucune des deux n'encourageait les confidences. Des jours, des semaines s'écoulaient sans que je lui adresse la parole. Certes, elle savait tout : et après ? Etait-ce une raison pour ne pas m'ouvrir à elle. La connaissance remplace-t-elle le langage ? Les deux font partie de l'être ; aucun lien n'est entier, si le verbe en est exclu. J'avais pourtant tant de choses à raconter à ma mère : ma première surprise, mon premier cauchemar, mon premier éveil à la désolation, à la pauvreté d'un monde où lentement, involontairement, je m'enfonçais. Mais son murmure continuait de bourdonner dans mes oreilles : tais-toi, mon enfant, tais-toi.

Avec mon père, à la maison, elle discutait souvent politique et affaires. Elle avait l'imagination tragique, ma mère. Elle voyait tout en noir. Mon père, non. Moi, j'étais trop jeune pour intervenir. En pensée, je prenais position, mais en pensée seulement. Il n'y eut qu'une exception. Au sujet de la Palestine.

C'était pendant le repas de Shabat. Contrairement à son habitude, ma mère ne se joignit pas à nous, qui égrenions les chants rituels. Elle me parut distraite, soucieuse. Enfin, avant de se lever de table, elle sortit brusquement de son mutisme.

— Je me demande, dit-elle d'une voix blanche, je me demande si nous ne devrions pas tout emballer, tout vendre ou tout abandonner et partir.

— Partir où ? fit mon père, interloqué.

— En Palestine.

— Quand ?

— Le plus tôt serait le mieux.

Elle cita des faits : la situation générale empirait, la haine déferlait sur le pays, le continent. Le mal était là, tangible : dans les journaux, sur les murs, sur les visages des passants, des voisins.

— Et puis, ajouta-t-elle avec gêne, j'ai un pressentiment que je n'aime pas. Une sorte de malaise. Mon cœur me dit qu'on nous prépare quelque chose, que les ennemis ne vont pas tarder à aiguiser leurs couteaux.

Ils les aiguisaient déjà, mais, aveuglé par sa foi en l'homme, mon père refusait de l'admettre.

— Nous ne sommes plus au Moyen Age, répliqua-t-il. Les Juifs, aujourd'hui, font partie intégrante de la société, de la civilisation, de même que notre famille fait partie de cette ville, de son histoire, et cela depuis trois siècles. Pourquoi abandonnerions-nous nos biens, nos amis, alors que rien ni personne ne nous y oblige ?

L'incendie avait déjà éclaté, le bourreau décimait les communautés juives, mais mon père, esprit éclairé et optimiste à outrance, continuait d'affirmer que l'humanité, au vingtième siècle, ne pourrait s'abaisser à condamner les Juifs une fois de plus à l'opprobre et au pilori.

Dans les réunions publiques, dans la rue, des orateurs incitaient les habitants à pourchasser les fils du peuple prétendu déicide, parasite et partout étranger. On criait : « Les Juifs en Palestine ! » Père faisait la sourde oreille. A l'école, nos camarades nous chicanaient, dehors ils nous malmenaient. Impunément. Conseil de mon père : ne pas faire attention, la canaille, il y en a partout, ce serait une lâcheté que de lui permettre de régler notre conduite. Peu après, un nouveau slogan fut répandu à travers le pays : « Mort aux Juifs. » Commentaire de mon père : les chiens qui aboient ne mordent pas. A plusieurs reprises, ma mère revint à la charge, et une fois je pris sa défense avec des arguments d'ordre religieux, plutôt que politique : par sa résonance messianique, la Terre sainte faisait vibrer mon âme d'enfant juif jusque dans mon sommeil. Attitude que mon père jugea plus compréhensible.

— Si toi tu désires y aller, dit-il, je ne m'y oppose pas.

Je désirais y aller, mais non sans mes parents. L'idée d'une séparation possible me parut intolérable. Nous restâmes tous. Ma mère cessa de discuter. De temps à autre, à la dérobée, je captais son regard : elle me prenait à témoin.

Quelques mois plus tard, avant les Grandes Fêtes, je l'accompagnai chez un rabbi hassidique célèbre, dont elle sollicitait tous les ans la bénédiction. Plutôt que d'avoir recours au scribe, dont c'était pourtant la fonction et le gagne-pain, elle avait préféré rédiger sa requête de sa propre main, après lui avoir payé son dû. Le rabbi, broussailleux, au port majestueux, la taquina :

— Ainsi, tu as décidé de te passer des services de mon scribe. Un jour, Sarah, fille de Dovid, tu finiras par renoncer aussi aux miens.

— Aucun danger, répondit-elle. Je n'écris pas moins bien que lui. Mais vous, rabbi, vous lisez mieux — ou autrement — que moi.

La réplique plut au rabbi qui rit de bon cœur. Puis, redevenu grave :

— Lire comme il faut les requêtes de mes hassidim, c'est mon père qui me l'a enseigné. Il m'avait dit : pour ceux qui ont besoin de ton intercession, de ta consolation, tu incarnes le Mur de lamentation, lequel, selon les Anciens, abrite la porte du ciel.

Il prit la feuille de papier que ma mère lui tendait ; il en parcourut le contenu lentement, s'arrêtant à chaque phrase, à chaque mot :

— Ainsi Sarah, fille de Dovid, tu désires que ton fils grandisse en bon Juif et qu'il craigne Dieu. Qui te dit que Dieu tient à inspirer la crainte, et non l'amour ?

— L'un n'exclut pas l'autre. Que mon fils craigne Dieu et aime les hommes : voilà mon souhait. Qu'il aime Dieu à travers les hommes, je veux bien. Je ne veux pas qu'il Le craigne à travers les hommes.

64

Le rabbi hocha la tête et se tourna vers moi. Tout en caressant sa barbe grisonnante, il m'interrogea sur mes études. Il rayonnait d'une telle bonté que, malgré ma timidité, je pus répondre sans m'embrouiller. Mais je fus incapable de répondre à sa dernière question :

— Un bon Juif, c'est quoi ?

— Je ne sais pas, rabbi.

— C'est quelqu'un qui, en pensant à lui-même, se dit : je ne sais pas.

Avant de nous congédier, il me demanda d'approcher et me regarda fixement :

— Tu es petit, tu grandiras. Tu verras des choses que ni moi ni ta mère ne pouvons imaginer. Sache que nous les verrons par tes yeux.

J'étais trop innocent pour comprendre que ce n'était pas une bénédiction.

Les mendiants méditent, les fous s'agitent. Chacun à sa manière renverse des obstacles ou les dépasse. Zadok prie, Yakov somnole. Quelqu'un raconte en chuchotant ses aventures de la journée. Blottis contre le Mur, deux vieillards pleurent sourdement. Moshe se lève et s'en va leur parler. J'entends la voix de Katriel, mais je sais qu'elle n'appartient pas à Katriel. Qu'est-ce qui m'a fait penser à lui ? Quoique plus jeune, sa voix avait le même accent que celui du rabbi. Je suis le lien entre les deux.

Dans la pénombre criblée de flammes jaunes, tremblotantes, près du Mur, je vois une femme qui semble chercher son chemin et son visage. Je la vois sans la voir. J'ignore si elle est encore jeune, et si elle est soucieuse. Désire-t-elle que je parle, que je me taise ? Elle éteint une bougie et en allume une autre. La nuit calme et dense recouvre Jérusalem, la plaine et les montagnes ; ne demeure que le regard douloureux d'une mère, et le nom, et les larmes de son fils, lequel a vécu la destruction de Jérusalem ailleurs qu'à Jérusalem.

Quelque part dans la région montagneuse des Carpathes. Non loin de l'endroit où, jadis, avec ferveur et recueillement, un jeune rêveur solitaire nommé Israël Baal Shem Tov s'était préparé à faire jaillir un mouvement pour la grande gloire de l'Eternel et la joie de ses serviteurs. Le berceau du hassidisme.

Une petite ville paisible, hospitalière, dénuée d'arrogance et même de distinction. Juifs et chrétiens y vivaient depuis des siècles, en bon voisinage. Les parents faisaient des affaires ensemble, les enfants fréquentaient les mêmes écoles, s'adonnaient aux mêmes jeux dans le même bois. Deux fois par an, à Noël et à Pâques, nous restions enfermés à la maison, portes verrouillées et volets clos. L'imprudent risquait la bastonnade, sinon la mort, en rencontrant ses camarades au retour de l'église. Nous étions patients et pleins de compréhension. Deux jours par an, c'était supportable. Le lendemain, tout rentrait dans l'ordre.

Aujourd'hui, ce sont les chrétiens qui restent chez eux. A leur tour, invisibles. Ils dorment plus tard, comme toujours, le dimanche. Certains, réveillés par le vacarme, se tiennent derrière les rideaux et se disent : qu'il est beau, ce rêve !

Levés tôt, les Juifs convergent sur la grand-place, d'où ils partent, en cortège, pour la forêt. Ils quittent la ville sans la regarder ; ils ignorent qu'ils ne la reverront plus. Une femme interroge son mari : où nous emmène-t-on ? Elle ne reçoit pas de réponse. Un collégien regrette d'avoir oublié ses livres dans sa chambre ; son père le rassure : tu les retrouveras ce soir, ou demain. Un malade hume l'air et remarque : il va faire chaud. Près de lui, un soldat casqué opine en souriant narquoisement : très chaud.

Ils traversent la forêt et font halte au bord de cette vallée qui s'étend jusqu'au pied de la haute montagne. Un sergent choisit vingt hommes, leur remet pioches et pelles pour creuser dix fosses larges et profondes.

Assis sur l'herbe, à l'écart, les tueurs savourent leur petit déjeuner. Belle journée d'été. Un vent tiède, clément, souffle dans les sapins. Serrés les uns contre les autres, les Juifs se taisent. Les enfants eux-mêmes comprennent qu'ils doivent être sages, se tenir tranquilles. Le Maître et ses élèves, dans les derniers rangs, forment un groupe à part. Un silence à part.

Brusquement, le Maître se secoue. Un éclair vient de déchirer le voile devant lui. Il fait signe qu'il va parler. Baissant la tête, comme toujours avant de prononcer un sermon, il demande au Seigneur de bénir les mots sur ses lèvres, puis il se redresse d'un mouvement violent :

— Berger de cette communauté depuis trente ans, je vais vous faire entendre mon dernier discours.

Il pose la main droite sur son cœur, comme pour le calmer, ou peut-être pour le frapper.

— Telle est la volonté de Dieu. A nous de l'accepter les yeux grands ouverts. Nous allons mourir et Dieu seul sait pour quelle raison, par la faute de qui et dans quel but ; moi, je ne le sais pas. Mais puisqu'il exige nos vies en sacrifice, cela prouve qu'il se souvient de nous, qu'il n'a pas détourné de nous sa face. Aussi est-ce avec joie — joie pure, désespérée, joie folle — que nous lui dirons : d'accord, que ta volonté soit faite. Peut-être a-t-il besoin de notre joie plus que de nos larmes, de notre fin plus que de nos actions. N'implorez donc pas sa pitié, étranglez les cris qui se pressent dans vos poitrines. Que la fierté naisse dans vos cœurs et qu'elle explose, et je vous promets, moi votre berger à qui vous devez obéissance, je vous promets que les anges, sous la honte, courberont le front et ne loueront plus le créateur de l'univers, plus jamais !

Ses disciples l'écoutent sans comprendre. Plus loin, un vieillard fou rit stupidement.

Les fosses creusées, les vingt hommes réintègrent les rangs, rejoignant l'un ses parents, l'autre sa femme, ou sa fiancée. Les tueurs, l'air paresseux, mangent en bavardant. L'arrivée d'une voiture les fait sursauter ; les voilà au garde-à-vous devant un lieutenant qui s'informe si tout est prêt. Oui, tout est prêt. Elégamment vêtu, les mains gantées, l'officier inspecte les lieux. Satisfait, il tourne vers la communauté son visage fin et noble. Il monte sur une caisse de munitions et s'adresse, solennel, à ses victimes qui se croient prisonniers d'un cauchemar diabolique :

— Voici l'heure suprême. Pour vous, la guerre est finie. Bientôt, vous connaîtrez la paix que vos frères vivants vous envieront un jour.

Et, sans bouger un muscle de son visage, il leur propose un marché : s'ils n'opposent pas de résistance, s'ils ne font pas de difficultés, ils seront pris par familles et s'en iront la main dans la main ; sinon, il sera obligé de tirer dans le tas, de les abattre sur place, et ce ne sera pas beau à voir.

— Je vous donne cinq minutes pour vous décider.

Hommes et femmes, vieillards désabusés, enfants respectueux, riches et pauvres, érudits et ignorants, tous sont suspendus aux lèvres de leur Maître, dont le regard brumeux, mystérieusement, miraculeusement, s'éclaire.

— C'est la volonté de Dieu, vous dis-je. Mais est-ce vraiment ce qu'il veut ?

Il n'est plus le même homme, soudain. On ne sait plus s'il blasphème ou s'il prêche la foi dans l'alliance et la fidélité à cette alliance. On ne sait plus s'il est possédé par la colère qui nie l'amour ou par la colère qui appelle l'amour. Les yeux, sous ses sourcils touffus, rayonnent et le temple en flammes s'y reflète :

— Abraham, Isaac et Jacob, vous qui, selon la tradition orale, parcourez les routes de la souffrance de notre peuple, témoignez pour nous. Je ne vous demande plus d'intercéder en notre faveur, je vous demande uniquement de déposer pour nous. Surtout toi, Abraham, toi surtout. Sache que chaque membre de ma communauté te surpasse. Certains, ici, vont offrir non pas un fils, mais cinq. Sache donc, toi, que le Dieu d'Israël viole ici la loi d'Israël. La Torah défend d'égorger la vache et son veau le même jour ; et voici qu'elle ne s'applique pas à nous qui obéissons à sa loi. Voici que ce qui est accordé aux bêtes sera refusé aux enfants d'Israël !

Les femmes, comme autrefois à la synagogue, durant ses sermons semestriels, pleurent et boivent ses paroles dont le sens leur échappe. Les hommes, figés, s'efforcent de garder leur pensée comme paralysée. Quelques jeunes se demandent à voix basse si le rabbin ne se moque pas d'eux, de lui-même et du monde.

— Celui de nous qui s'en sortira, poursuit-il sur un ton plus haut, je veux qu'il regarde, qu'il écoute et qu'il se souvienne. Je me fie à lui plus qu'aux patriarches, il osera aller plus loin. Je le veux dépositaire de vérité, porteur d'incendie. Et si lui aussi doit périr avec nous, comme nous, je fais appel au ciel, et au vent, et aux nuages, et aux fourmis qui se terrent sous nos pieds : qu'ils témoignent pour nous, peut-être le monde ne mérite-t-il pas d'autres témoins.

Le maître promène son regard alentour, comme pour toiser l'univers entier. Il voit l'invisible, cela le fait trembler.

Imperceptiblement, les jeunes se rapprochent, se consultent, tout en gardant l'air impassible. Que faire ? Résister ? Avec quoi ? Avec nos couteaux, nos ongles. Et ensuite ? Fuir. Où cela ? N'importe où. Et nos parents, nos femmes, nos vieillards, nos malades ? Les abandonner, les suivre à l'autel ? Les avis sont partagés, la fièvre monte, le temps presse.

Le Maître parle et le lieutenant s'irrite.

— Que leur raconte-t-il ? demande-t-il à l'un des fossoyeurs.

— Il *nous* parle de l'avenir.

— Quel sens de l'humour ! Je l'admire !

— Moi, c'est son regard que j'admire.

— En effet, il me paraît étrange.

— Tous les hommes qui vont mourir ont ce regard, dit le fossoyeur.

— Et ceux qui les tuent ?

— Ils n'ont pas de regard.

Le rabbi termine son discours :

— Témoins, prêtez l'oreille ! Nous ne voulons pas mourir ; nous voulons vivre et bâtir dans le temps et la prière le royaume du Messie. Quelqu'un s'y oppose, et ce quelqu'un est Un, et son nom est Un, et ses secrets éternels nous dépassent et nous font mal. Cela ne fait rien, mes frères : nous lui faisons don de notre vie et de notre mort et lui souhaitons de s'en servir à sa guise, et qu'il en soit digne.

Il se tait ; il a dit ce qu'il avait à dire. Il a envie de pleurer, mais il retiendra ses larmes. Il se raidit face au lieutenant qui veut savoir si les Juifs acceptent sa proposition.

— Que la volonté de Dieu soit faite, répond le berger de la communauté.

L'officier, condescendant, fait non de la tête :

— Tu te trompes, vieillard. Il ne s'agit pas de la sienne, mais de la nôtre.

— Non ! s'écrie le rabbi, l'œil soudain résolu.

— Non ?

— Vous n'êtes que la hache qui nous abat ; notre mort, nous seuls déciderons à qui l'offrir.

L'officier l'examine un instant, hausse les épaules, prêt à passer outre, mais il tient à avoir le dernier mot :

— Imbécile ! Tu n'as pas encore compris que Dieu, c'est nous ?

— Jamais ! hurle le rabbi. Vous m'entendez ? Jamais !

Le lieutenant en a assez de discuter. Il recule d'un pas, tourne sur ses talons pour regagner son poste de commandement, lorsque, jaillis de la foule, deux bras puissants l'agrippent. Déjà, il sent le froid d'une lame sur sa nuque. Un homme lui dit :

— Si tes soldats bougent, tu y passes le premier.

L'officier ne perd pas son sang-froid :

— Vous n'avez aucune chance, j'ai établi trois cordons de sécurité en profondeur, vous ne les percerez pas.

— Nous verrons bien, lance le Juif qui le tient prisonnier. Il cria à ses camarades d'aller désarmer les soldats. Le lieutenant les voit hésiter.

— Bon, dit-il. Vous vous emparez de nos armes. Qu'allez-vous en faire ? Quelle sera votre prochaine étape ? Où irez-vous en partant d'ici ? Vous retournerez chez vous ? Peut-être franchirez-vous la montagne, tous ensemble, pour vous réfugier dans une autre ville ? Laquelle ? Et pour combien de temps ?

L'homme au couteau est en sueur, il sait que le lieutenant a raison, les Juifs ne peuvent aller nulle part, le monde les a expulsés, reniés, condamnés. Ils ne peuvent qu'entrer dans la mort. Du moins, qu'ils entraînent leurs bourreaux avec eux !

— Nous n'irons nulle part, dit-il. Nous nous battrons. Avec vos armes.

Inexpérimenté, il n'aperçoit pas le soldat qui fait signe à un autre, plus loin, derrière ; celui-ci, il ne peut pas le voir. Il ne peut plus le voir. Un coup de fusil met fin à la révolte. Cinq jeunes s'élancent, une rafale les fauche, puis le calme plane à nouveau sur la vallée.

Le lieutenant arrange sa cravate, époussette sa tunique et lance un regard réprobateur vers ses victimes : elles lui ont fait perdre un temps précieux. Il a hâte de regagner son poste de commandement. Deux adjoints transmettent ses ordres à la troupe. Mise en scène minutieusement réglée. Les bourreaux connaissent leurs rôles depuis longtemps, depuis toujours. Ils installent les mitrailleuses lourdes sur les talus et les ajustent proprement ; les uns calculent l'angle de tir, les autres vérifient les chargeurs. Travail professionnel, méticuleux. Les tueurs consciencieux sont rares ; seuls les Juifs réussissent, on ne sait comment, à toujours les dénicher.

Le rabbi récite le Kaddish et la communauté, comme un seul homme, répète après lui mot à mot. Personne ne se lamente, les enfants ne gémissent pas, bien que leurs yeux soient dévorés de curiosité, ou de peur, on ne sait pas : on ne le saura jamais.

Un signal du lieutenant marque le début de la cérémonie. Le président de la communauté ouvre la marche. Par son titre et sa position, le premier partout, il mérite cet honneur. Cultivé, digne, le président ; sa démarche nette, inébranlable, commande le respect. A la synagogue, il occupait le siège tout près du sanctuaire. Au bord de la fosse, il garde la tête haute, offrant son mépris aux tueurs : comme si cela avait la moindre importance. Un crépitement bref, presque anodin, le fait ciller. Il tombe sans plier les genoux. Ses deux filles n'ont pas été touchées. Belles, l'œil pétillant d'intelligence, d'humour, le corps assoiffé d'amour et d'offrande, un sourire dur sur les lèvres, elles restent immobiles : es-tu content de nous, père ? La seconde qui les sépare de lui semble interminable, éternelle. Mais tout se termine. L'éternité aussi.

Entouré de ses disciples, qui sont sa famille, le rabbi fait un mouvement, comme pour courir vers la fosse, puis change d'avis. « Je n'ai pas encore assez vu », dit-il d'un air farouche.

Suivent les notables. Deux ou trois qui n'ont jamais mis le pied à la synagogue, et qui évitaient de se mêler à la vie juive. Ils se définissaient par rapport à l'humanité globale : « Juifs, nous ne le sommes que par accident ; nous sommes des hommes, c'est tout. » Les voilà devenus Juifs. Et hommes. Car il est un temps où l'on ne peut être homme sans assumer la condition du Juif.

Avec Tobie le tailleur, les choses, un instant, se compliquent. Ce n'est pas de sa faute. Il a trop de gosses, dix exactement. L'aîné vient juste de fêter sa *Bar-Mitzva*. Impossible de les aligner correctement : les plus petits ne tiennent pas sur leurs jambes. Le lieutenant suggère de les partager en deux groupes, mais Tobie proteste, non sans raison, contre cette mesure discriminatoire : « J'ai les mêmes droits que les autres. » L'officier veut montrer que la justice n'est pas un vain mot et vient au secours du tailleur : les aînés encadreront les cadets — en les tenant par les bras — et ainsi tous pourront se retirer du monde, comme il se doit, sagement et sans faire du bruit. Après quelques essais énervants, les choses s'arrangent et l'officier, soulagé, se dit que les

Juifs, après tout, sont moins méchants qu'on ne le pense.

Les heures s'écoulent lentes et paisibles, le soleil quitte la vallée, la clairière aux eaux rouges et sombres se perd dans la forêt. Il faut se dépêcher. Dix fosses, dix équipes. Allons, plus vite.

A présent, c'est le tour du rabbi et de ses disciples. Et les tueurs fatigués sont frappés de stupeur. Le vieillard rejette sa tête en arrière et s'écrie : « Chantez, mes enfants ! Chantez comme vous n'avez jamais chanté de votre vie, chantez de toute votre âme, et que ce chant soit entendu d'un bout du monde à l'autre, et plus loin encore, et plus haut, d'un ciel à l'autre, et plus haut encore ! Chantez, mes enfants, car c'est lui le chant qui, finalement, témoignera pour nous ! »

Un garçon brun, ardent, entonne un chant hassidique : *C'est de toi que mon âme a soif, vers toi que mon corps se lève.* Les bras tendus en avant, comme un aveugle, le rabbi se joint à lui. On se croirait dans l'oratoire, à célébrer le troisième repas du Shabat. D'autres voix montent des profondeurs. Et c'est ainsi qu'ils avancent, en extase, suspendus entre ciel et terre, transportés de joie et de vérité, pour prendre d'assaut le Dieu de la vérité, mais non de la joie. Pétrifiés, les pupilles dilatées, les tueurs les suivent des yeux et sont incapables d'appuyer sur la gâchette. Le lieutenant, blême de fureur, les maudit et les rappelle à l'ordre : « Allez-y ! Je vous l'ordonne ! Vous n'êtes pas au concert, que diable ! » Alors, précédés par leur Maître les élèves basculent dans la fosse. Sauf un qui, encore debout, chante toujours. On tire une seconde rafale. Une troisième. L'officier se déchaîne : « Mais qu'est-ce qui vous arrive ? Vous tirez en l'air ? Feu ! Encore une fois : Feu ! » Pris de panique, les soldats déchargent leurs armes de plus en plus vite, leur vue se brouille, ils n'en peuvent plus, ils renoncent et s'immobilisent. Ecumant de rage, l'officier court vers la fosse et se retrouve devant un fou : visage sans masque, ou masque sans visage, souffrance nue, rigide, inhumaine, regard d'une fixité terrible.

— Qui es-tu ?

Le disciple chante. L'officier le gifle à tour de bras ; le fou continue à chanter. L'officier le frappe à la tête, au cou, à la poitrine. Comme insensible aux coups, le fou n'arrête pas de chanter. La voix du tueur se fait implorante :

— Tu n'as pas honte de chanter contre la volonté de Dieu ? Est-ce que mes hommes ont chanté, eux, en exécutant la volonté de Dieu ? Est-ce qu'ils ont seulement crié ? Est-ce que j'ai crié, moi ?

Une ombre remue dans le regard du fou. Il comprend. Il se tait. Ses lèvres ensanglantées, il les serre avec force pour ne pas crier, pour ne plus chanter.

— Vous comprenez, dit-il, je suis le dernier, le dernier survivant.

— Pourquoi t'acharnes-tu à rester en vie ?

— Je ne tiens pas à rester en vie.

— Pourquoi refuses-tu de mourir ?

— Vous ne comprenez pas. Je veux mourir.

Et avec un geste d'impatience et une grimace, il ajoute :

— Je ne peux pas, je n'y suis pour rien.

Et il attend.

L'officier pousse alors un hurlement rauque et essaie de l'étrangler, sans y parvenir. Il dégaine son revolver et le vide sur lui à bout portant. Le survivant ne bronche pas. Le tueur n'a plus de balles. Epouvanté, livide, il regarde le disciple, se met à genoux devant lui et lui parle comme l'on parle à un mystérieux vainqueur :

— Tu m'humilies, tu te venges. Un jour, tu le regretteras. Tu parleras, mais tes paroles tomberont dans des oreilles sourdes. Certains se moqueront de toi, d'autres tenteront de se racheter par toi. Tu crieras au scandale, à la révolte, mais on refusera de te croire, de t'écouter. Tu me maudiras de t'avoir épargné. Tu me maudiras, car tu seras en possession de la vérité, tu l'es déjà ; mais c'est la vérité d'un fou.

Alors, pour ne plus l'entendre, le disciple pense à son père, à sa mère, à ses amis, et s'en veut de les avoir abandonnés. Puis il s'étend sur les cadavres qui emplissent la fosse et les supplie de ne pas le repousser.

Dans la fosse, et tout autour, il fait nuit déjà.

Un fantôme se détache du Mur, où quelques vieillards se lamentent encore. Il s'approche d'un pas mesuré. Sombre et farouche, sa tête semble remuer les étoiles. Invité à s'asseoir, il répond qu'il est pressé. On l'attend ailleurs. Il nous semoncera debout. Comme tous les soirs. A la même heure, toujours, il surgit en prédicateur pour nous ouvrir le cœur :

— Heureux celui qui unit ses paroles et son silence aux silences et aux paroles de la *Shekhina*, la présence divine, qui rôde en ce lieu. Bientôt, frères, vous allez sentir son souffle, c'est moi qui vous l'annonce.

Shlomo écarquille ses yeux aveugles. Velvel étouffe un ricanement. Zadok, docile, sourit en anticipant sa propre béatitude.

— Tâchez de vous taire à minuit, dit l'annonciateur. C'est important. A minuit, c'est la *Shekhina* que vous entendrez. L'avenir l'emplit d'allégresse, le passé de souffrance, et j'ignore si ce soir nous serons touchés par sa félicité ou marqués par son amertume. En l'écoutant, nous saurons la condition de l'homme.

En bas, au-delà des palmeraies, la cité ne scintille plus ; elle se replie sur elle-même. Restaurants, clubs, cafés : on ferme, on rentre. Des amoureux se parlent d'amour, des amants s'accusent de trahison. En apparence, une ville comme les autres. Une voiture de police patrouille dans les ruelles, dans les faubourgs. Les gardes, sur les murailles, scrutent les alentours. Rien à signaler.

— L'homme, partout ailleurs, s'exprime au nom de Dieu, reprend le bonhomme de sa voix menaçante. Ici, non. A minuit, frères, vous entendrez Dieu parler au nom de l'homme.

Il dit et retourne au Mur, les bras levés. Moi, je retourne dans ma ville. J'avais dix ans, j'allais écouter un prédicateur ambulant — un *Maguid* — qui revenait de Terre sainte. Du moins, le croyait-on. Impitoyable, lourd de colère, il prêchait le repentir sans ménager personne. Il s'en prenait à la suffisance des riches, à l'arrogance des jeunes. Rien ne lui plaisait. Il demandait : comment osez-vous prier pour la venue du Messie, alors que vous n'êtes pas prêts à le recevoir ? Mais, en amorçant sa péroraison, son visage s'illuminait pour évoquer Safed et ses kabbalistes, les rêveurs de Jérusalem, les pèlerins de Miron où, sur la tombe de Shimon bar Yokhai, les splendeurs du *Zohar* semblent plus accessibles. Envoûté, de battement en battement, je buvais ses paroles, et mes yeux, à force de briller, devenaient endoloris : j'étais en pays de légende.

Parti le lendemain, il réapparut une semaine après, escorté de deux gendarmes moustachus : ils l'avaient arrêté sur la route, en pleine campagne. Son crime ? Il ne portait sur lui aucune pièce d'identité. La communauté obtint sa mise en liberté sous caution. A mon père, qui s'étonnait de son imprudence, il répondit : moi, je sais qui je suis et d'où je viens ; je l'ai dit aux gendarmes, ils ne m'ont pas cru ; ils accordent au moindre bout de papier plus de foi qu'à la personne humaine ; eh bien, moi, je refuse de leur ressembler !

Assigné à résidence, il prenait avec nous les repas de Shabat et m'aidait dans mes études. C'était l'idée de ma mère. Elle lui avait dit sans ambages : « Vous n'avez pas d'argent, je vous en donne, mais en échange occupez-vous de mon fils. — Je ne suis ni professeur ni éducateur. — Qu'êtesvous ? — Conteur. — Soit : racontez-lui des histoires. » Chez lui, toutes traitaient de la vie en Terre Sainte. « Je vous envie, lui dis-je un jour. — Pourquoi ? — Je vous envie d'y avoir été. » Il se renfrogna, tourna sur ses talons, fit quelques pas et revint se planter devant moi : « Sache que je n'ai jamais mis le pied en Terre Sainte. Sache également que je ne l'ai jamais quittée. — Je ne comprends pas, lui avouai-je avec peine. — Et après ? Je te demande, non pas de comprendre, mais d'écouter. » Je reconnaissais certains de ses récits, hauts en couleur, pour les avoir étudiés dans le Talmud, le Midrash : le martyre de rabbi Akiba, les échecs d'Elisha ben Abouya, la fuite de Yokhanan ben Zakkai. D'autres me frappaient par leur nouveauté. Je n'éprouvais qu'un désir : les faire miens, tous.

Le samedi après-midi, aussitôt le repas terminé, nous sortions dans le jardin et je me retrouvais à Jérusalem. Nous y restions jusqu'à ce que les feux du couchant eussent embrasé les toits de brique rouge, les pommiers et les pins, au loin. Une fois, il me demanda ce que je voulais faire quand je serais grand. Je n'en savais rien. Appuyé contre un arbre, il me considéra tristement, puis se secoua et me dit : « Le jour viendra où, à ton tour, tu devras raconter. Souviens-toi que, selon l'Ecriture, nous sommes censés être une nation de prêtres. Cela signifie quoi ? Rappelle-toi : jadis, le grand-prêtre se préparait, se purifiait toute l'année pour prononcer un seul mot — le nom du Seigneur — une seule fois, en un seul endroit dans l'enceinte du Saint des Saints, au jour du Grand Pardon. Celui qui désire suivre dans ses traces doit apprendre à dire le mot qu'il faut, au moment où il faut, là où il faut. »

Une autre question, un autre jour : « Il est écrit que Jérusalem désigne la porte du ciel. Tu y crois, toi ? — Oui, dis-je. Tout ce qui est écrit et transmis ne peut qu'être vrai. — Il est également écrit que la prière y monte jusqu'au trône céleste. Tu y crois, toi ? — Absolument. — Comment expliques-tu, alors, que de toutes les prières répétées par les saints et les justes au cours des siècles, aucune n'ait été exaucée ? »

Perplexe, honteux de mon ignorance, je ne pus que me taire. « Tu ne sais pas répondre, fit-il d'un air amusé. Moi non plus. Je te choque ? Qui te dit qu'il faut prier pour obtenir une faveur ? Peut-être faut-il prier pour ouvrir une porte et rester sur le seuil. Tu ne penses pas ? — Je n'aime pas les actes gratuits. — Aucune prière n'est gratuite. Chacune comporte sa propre récompense. Tu t'enrichis pendant que tu pries. Pas après. »

Une histoire : « Un jour, raconta rabbi Yokhanan ben Zakkai, je marchais sur la route et aperçus un homme qui ramassait du bois. Je lui dis bonjour, il ne répondit pas à mon salut. Plus tard, il s'approcha et me dit : je n'appartiens pas au monde des vivants. » Explication : depuis qu'il s'était échappé de Jérusalem assiégée, meurtrie, rabbi Yokhanan ben Zakkai voyait des morts partout, et partout les morts le repoussaient. « Qui es-tu, toi ? m'interrogea le prédicateur. Rabbi Yokhanan ou l'homme qu'il a rencontré ? — Je ne sais pas. — Ni l'un ni l'autre. Tu es la route sur laquelle ils se sont rencontrés. »

J'eus l'audace de lui retourner la question : « Et toi, Maître, qui es-tu ? »

Il répondit sans hésiter : « Je suis le Temple détruit. »

Il vit ma stupeur et se hâta d'ajouter : « Tu l'es aussi. Chacun de nous peut et doit vouloir l'être. La capitale du monde reste dans le monde, mais son Temple recouvre la surface de la terre. Tout cœur brisé peut et doit refléter ses ruines. C'est pourquoi il nous est ordonné de respecter la souffrance en autrui : on ne sait jamais ce qu'elle cache. »

Lors de notre dernier entretien, entre Pâque et Pentecôte, il me fit asseoir devant lui, dans le jardin, tandis que lui-même, debout, caressait l'écorce grise d'un arbre en fleurs. Plus distrait, plus sombre que de coutume, il semblait pressé, anxieux de me parler : « Voici la première question qui est posée à l'âme, là-haut, devant le tribunal céleste : as-tu vécu dans l'attente du Messie ? Moi, je répondrai : je ne me suis pas contenté de l'attendre, je l'ai cherché partout, y compris en moi-même. Au cas où on ne me croirait pas, tu témoigneras pour moi, je le veux. Le feras-tu ? — Oui, dis-je très bas. Bien sûr que je le ferai. »

Il plongea en moi son regard brûlant et parut soudain soulagé, presque joyeux : « Merci, s'écria-t-il avec effusion. Je compte sur toi. En échange, voici mon souhait pour toi : quel que soit le chemin que tu prennes, qu'il te conduise à

Jérusalem. Un jour, tu y arriveras, je te le promets. Et ce jour-là, m'entends-tu, j'y serai aussi. Et je courrai les rues, les marchés, j'ameuterai les passants et les guérirai de leur indifférence, cela je me le promets à moi-même. Car je ne puis croire, m'entends-tu, je ne puis croire que Dieu planta en moi cette vision, cette espérance, uniquement pour se dérober, uniquement pour se moquer du vieillard que je ne deviendrai pas. »

Il n'a pas couru les rues, il n'a pas empli le monde de sa ferveur. Il a franchi une autre porte du même ciel, et en se retournant, il a pu voir en bas le Temple qui brûlait, qui brûlait six millions de ses prêtres, il a pu les voir grimper le long d'une immense échelle flamboyante : Jacob faisait un mauvais rêve.

Je témoignerai néanmoins pour le *Maguid* et déclarerai : Ton vœu a été exaucé, ta promesse non. On s'est moqué de toi, peut-être aussi de moi. Car me voici, moi, dans cette Jérusalem que tu portais en toi ; je regarde le Mur et ne te vois pas. Et pourtant, voici quelqu'un qui me pousse du coude et me dit : il est minuit.

Instinctivement, comme obéissant au même réflexe, les bustes se redressent, les voix s'éteignent. Les fidèles, devant le Mur, interrompent leur lamentation et attendent, courbés. Les cœurs ont cessé de battre, les pensées de courir. Rite insensé, enfantin, auquel nous nous plions sans savoir au juste pourquoi. On feint d'espérer un miracle, tout en sachant qu'il ne se produira pas : même ici, l'on ne voit pas l'invisible. Ce soir encore, le silence sera brisé par le ricanement du nain borgne, suivi du soupir prolongé de Zadok. Puis l'autre, l'annonciateur, reviendra tout excité :

— Alors, vous avez entendu ?

— Non. Et toi ?

Déçu, il se frappera le front :

— Ah, je vous plains, dira-t-il en éludant notre question. La *Shekhina* parle pour l'homme et l'homme ne l'entend pas.

La *Shekhina* se manifeste à l'homme et l'homme ne le sait pas.

Ce soir, il m'a presque convaincu. Harcelé par les mendiants, le jeune lieutenant, effaré, nous a tenus en haleine par son récit de guerre. Survolant lé mont Sinaï, et en y jetant un coup d'œil, il a cru y déceler une énorme figure humaine, taillée dans le rocher noirâtre, soutenant le ciel de ses bras ; au retour, elle n'y était plus. C'est l'image que le pilote se faisait de Moïse. Il allait continuer, nous lui avons coupé la parole : minuit approchait. Un instant après, à notre tour, nous avons été victimes d'une hallucination. Près du Mur, une silhouette féminine, d'une grâce majestueuse, a surgi de l'obscurité. Je rêve, me suis-je dit. Elle va se dissiper et j'aurai honte d'en parler à mes compagnons. Seulement, ils faisaient le même rêve. Ensemble nous la contemplions, lèvres entrouvertes, yeux agrandis, figés, n'osant ni bouger ni respirer pour ne pas effrayer l'apparition. Ecrasés par le silence, nous le sentions gonfler et envahir les frondaisons, les meurtrières, les montagnes. Le prédicateur aurait-il dit vrai ? Ses légendes, à nouveau, me submergent : c'est ici que la présence divine relie le ciel à la peine des hommes, qu'elle pénètre leur conscience, c'est ici qu'elle confère à la nuit son secret et son poids de nostalgie. Elle nous a aperçus et vient vers nous. Je dois me ramasser, contrôler mes nerfs et mes muscles, pour ne pas crier, pour ne pas me lever d'un bond et prendre la fuite. Mon cœur bat violemment, il s'insurge et veut éclater avant que la femme ne soit trop près. La peur en moi est si noire, si tumultueuse, qu'elle se confond à mon être. Le sang me martèle les tempes et m'aveugle. Je devrais agir, réagir, faire quelque chose de mes mains, de mes yeux ; trop étourdi, je suis incapable du moindre geste. Je me sens flotter dans l'air, je me vois projeté hors du temps, hors de moi. Je ne sais plus où je suis, qui je suis.

C'est le pilote qui me ramène à la réalité. Il semble à bout de forces. Cette femme devant nous, c'en est trop pour lui. Il veut savoir qui c'est. Je m'accroche à sa curiosité, je lui fais répéter sa question. Je m'entends bafouiller :

— De qui parles-tu ? Je ne vois personne.

— Mais si, regarde !

— Je regarde, je regarde, je ne fais que cela ; je ne vois personne.

Convaincu que je suis fou et résolu à le rendre fou, lui aussi, il m'empoigne aux épaules :

— Regarde, là, là ! crie-t-il. Oui, là, là !

Son indignation se mue en hystérie. Il pointe son index dans la direction du Mur qui semble s'approcher avec la femme. La voilà devant nous, devant moi ; frêle, tendue, mains sur les hanches, tête imperceptiblement inclinée vers la droite. Maintenant, je distingue ses traits accentués, sa bouche légèrement entrouverte. Soudain, dans un éclair, je la reconnais. C'est elle qui va et vient sur la grand-place, depuis quelques jours, traversant et retraversant la foule, l'œil à l'affût. Hier ou avant-hier, elle m'a vu, je lui ai adressé un sourire complice. J'ai dû la choquer, l'effaroucher, car elle a disparu aussitôt. Maintenant, en l'observant de plus près, malgré la pénombre, malgré mon agitation, je comprends que la rencontre n'a pas été fortuite. Et je devine qui c'est : la femme, la veuve de Katriel. Il m'en a longuement parlé. Aucun doute là-dessus. C'est elle. D'un bond, je suis debout. C'est donc elle, pensai-je. Katriel n'a pas menti. Il avait une femme qu'il aimait et qui l'aimait ; j'avais raison d'être jaloux de leur amour. Et ils ont eu un enfant qu'ils ont perdu. J'avais raison de leur envier son souvenir. A présent me revient à l'esprit tout ce qu'il m'a raconté. Sur lui-même, sur sa femme, sur leur acharnement dans la lutte contre le malheur et contre les lois implacables de la solitude, surtout de la solitude à deux. Sa femme, je l'imaginais moins belle, moins dure. Cheveux dénoués, haletante, comme retranchée dans un passé à part, elle me fixe droit dans les yeux et je me demande qui elle voit. Je vais lui en poser la question, mais elle me devance.

— David, dit-elle dans un souffle.

— C'est moi. Qui vous a dit mon nom ? Katriel ? Quand l'avez-vous vu la dernière fois ?

— David, David... Est-ce un jeu, une épreuve ? Je ne comprends pas, j'aimerais comprendre.

Sa voix cassée, humble, me rappelle la voix de ma mère. La nuit, avant notre séparation, elle avait mon nom, telle une blessure, sur les lèvres. Elle aussi voulait comprendre, seulement il n'y avait plus rien à comprendre. Cette nuit-là, il y avait rupture entre les noms et les êtres. Plus tard seulement, j'ai compris le secret de la création : seul l'innommable est immortel.

— Asseyez-vous, dis-je en tentant de me composer une attitude.

On bouge pour lui faire de la place. Elle ne bronche pas. Une question vive, nue et cruelle, luit dans son regard, et je sais que nul d'entre nous n'est en mesure d'y répondre. Pourvu qu'elle s'abstienne de la prononcer. Une autre fois. Pas ici. Elle oubliera.

— Allons, asseyez-vous.

Je la prends aux épaules avec douceur et la force à s'asseoir. Elle résiste d'abord, puis son corps fléchit.

— Faites-nous confiance, dis-je. Vous êtes avec des amis.

Respirant lourdement, elle se met à étudier les masques et les spectres qui nous entourent. Je fais les présentations. Son regard s'attarde sur chaque visage et y dépose un voile d'ombre, de tendresse aussi. Dan lui saisit la main et l'embrasse avec élégance : il n'est pas prince pour rien. Velvel, grotesque, lui fait une révérence. Moshe l'ivrogne trouve que c'est le moment de l'inviter à danser. Shlomo se couvre la bouche et chuchote : je ne vois rien, quelle chance pour moi. Et Zadok lui fait écho : c'est un blasphème, malheur à nous, c'est un blasphème. Je crains que la scène ne dégénère en scandale. Ces fous, ces illuminés, en transe, ont pris Malka pour une apparition divine, la femme de leurs rêves, de leurs amours manquées. Elle présente, tous les interdits sont levés, tous les désirs deviennent sacrés. Au bord de l'extase, ils n'attendent qu'un signe pour l'entraîner chacun dans son propre au-delà. Elle les laisse faire, on dirait même qu'elle les encourage. Si, pour se venger, elle se met à les provoquer, rien ne les arrêtera. Heureusement, je suis là, sur mes gardes. Je les préviens que s'ils ne se tiennent pas tranquilles, Malka s'en ira.

— Malka! s'exclame Velvel. Elle s'appelle Malka! La reine! La reine des mendiants, l'amante des rois!

— La reine des fous, corrige Moshe. La reine qui rend fou.

— Sois notre reine, crie Itzik en battant des mains.

— Vive la reine, vocifère Velvel.

Abasourdi, le jeune lieutenant près de moi ne sait plus où donner de la tête. Il serre mon bras furieusement et ne dit rien.

— Demandez-leur de se taire, dis-je à Malka.

Je dois avoir l'air assez exaspéré, car elle obtempère. Est-ce que je me trompe? Je crois discerner dans sa voix une pointe d'ironie. Peu importe. Les autres ne s'en sont pas aperçus. Un mot d'elle a suffi pour rétablir le calme. Je lui exprime ma reconnaissance et enchaîne:

— Vous êtes venue pour m'interroger sur Katriel, n'est-ce pas?

Du coup, voilà le brouhaha qui se renouvelle:

— Katriel? Qui est-ce?

— Que fait-il?

— Pourquoi n'est-il pas des nôtres?

Je feins d'ignorer les crieurs. Leur emploi du présent suscite en moi un malaise plus facile à dissimuler qu'à dominer. Qu'ils emploient le passé et je me tairai aussi. Que dire d'un ami dont on ne sait même pas s'il est vivant ou mort? Sur sa fiche, à l'armée, une annotation: disparu. Il peut encore revenir. Personne ne me convaincra du contraire.

— Katriel? dit Malka. Je ne sais pas qui c'est. J'aimerais l'apprendre.

— Disons que c'est moi, dit Velvel en sautillant sur ses jambes courtes. Ne serait-ce que pour rire.

— Vive Katriel! rugit Itzik.

— Malheur à nous, chuchote Zadok. Nous blasphémons.

— Où est Katriel? dit l'aveugle. J'aimerais qu'il me voie.

— Qui est Katriel? demande Malka en se tournant vers moi.

Elle aussi a employé le présent. Pour me narguer? Peut-être. Ou bien pour me punir. Elle sait où frapper. Elle sait

85

qu'il me serait facile de répondre à sa question. J'ai passé des heures, des journées entières avec Katriel. J'ai appris à le connaître, j'ai même voulu me substituer à lui. Je lui enviais sa vulnérabilité, son besoin impérieux d'aimer, de magnifier ce qui est humain dans cet univers qui ne l'est pas. Je sais que la mort de son fils ne l'a pas rapproché de la mort ; pour cela aussi, je l'enviais. Certes, il souffrait, mais sa souffrance était dépouillée de tout aspect humiliant, aussi bien pour autrui que pour lui-même.

— Katriel peut encore revenir, dis-je à l'intention de sa femme. C'est lui qui vous répondra. Votre devoir est de l'attendre.

— Je l'attends. Cela fait longtemps que je l'attends.

Longtemps ? Quelques semaines, quelques mois. Leur dernière journée, je m'en souviens. Il était arrivé à l'heure pour donner son cours. Un élève avait suggéré d'écouter d'abord les nouvelles du matin. L'émission comportait des messages personnels, codés : mots d'ordre destinés aux permissionnaires, aux réservistes. Katriel avait attendu la fin de l'émission, remis ses notes dans sa serviette et s'était efforcé de rester naturel.

— Il paraît que l'on a besoin de moi ailleurs, avait-il dit.

Et après un moment :

— Vous continuerez sans moi.

Sous le coup de l'émotion, les élèves avaient oublié de lui souhaiter bonne chance. Il souriait en y songeant plus tard. Il était rentré chez lui. Malka avait su qu'il allait la quitter. S'était-elle doutée qu'elle ne le reverrait plus ?

Je l'observe de biais. Elle baisse les paupières en signe d'aveu et d'impuissance, comme regrettant après coup d'avoir permis à son mari de mourir, ou de survivre en héros, ou en mendiant.

— J'ai appris à attendre, dit-elle d'un air de défi.

Une pendule sonna deux fois dans l'appartement vide à côté : le médecin, méticuleux, avait dû la remonter avant de regagner son unité.

Encore cinq heures, songea Katriel. Le temps de classer mes papiers, d'emballer mes affaires, de préparer la rupture, d'endosser l'uniforme, de tout emmagasiner dans le regard. Puis une jeep s'arrêtera devant l'immcuble. Malka se fera violence pour ébaucher un geste affectueux. Ainsi commencera pour moi un nouveau voyage vers l'inconnu.

— Tu verras, dit-il à sa femme. Il n'y aura pas de guerre. Ce n'est qu'un jeu. Une partie de poker, rien de plus. Demain, je serai de retour.

Ne pouvant soutenir l'expression incrédule de Malka qui, depuis le matin, ne cessait de le dévisager en silence, il arpentait la pièce ensoleillée, avec des arrêts devant la fenêtre ouverte. Dans la rue, un groupe de badauds entourait un cycliste qui, un pied à terre, un transistor à la main, écoutait les informations. Les bulletins se suivaient, se répétaient. Le gouvernement délibérait, l'opposition s'impatientait. Les grandes capitales occidentales espéraient malgré tout éviter la confrontation armée. Hommes d'Etat et diplomates voyageaient, conféraient et formulaient maintes déclarations ambiguës ou insignifiantes. Les envoyés spéciaux de la presse mondiale s'émerveillaient du calme qui régnait cependant dans le pays, où la mobilisation devenait générale.

— Tu vois ? fit Katriel. Il n'y a pas lieu de s'inquiéter. On se prépare à la guerre pour mieux l'éviter.

Les badauds se dispersèrent, le garçon enfourcha sa bicyclette et s'en fut. Une vieille ménagère, son panier posé sur le trottoir, resta seule, désœuvrée, dans la rue déserte. Katriel se prit de pitié pour elle : ses fils, ses gendres, où seraient-ils demain ? Comme si elle s'était donné courage subitement, elle passa sa main sur le front pour en chasser un moustique, ramassa son panier et, l'instant d'après, elle avait déjà tourné le coin. Katriel revint vers sa femme :

— Ne sois pas triste, Malka.

— Pourquoi pas ?

— Pour prouver que tu as confiance.

— En toi ?

— En nous.

— J'ai confiance et je ne crains pas la tristesse.

— Moi, si.

— Je m'y habituerai.

— Moi, jamais. Je déteste les habitudes, tu le sais bien.

Katriel la sentait s'éloigner dans le passé, ou dans l'avenir : pour l'y précéder, lui, ou pour s'en affranchir ? Vingt ans de vie commune, d'union, et à quoi pensait-elle maintenant ? Au bonheur qui, au début, s'offrait à eux et qu'ils pouvaient accepter sans s'amoindrir ? Au caractère fragile des liens humains ? Deux êtres défient le mal, affirment farouchement la sainteté de la vie, puis le destin s'en mêle et c'est la débâcle.

— Je t'en prie, fit Malka avec angoisse. Ne dis rien.

Il n'allait rien dire. Il n'y avait rien à dire. En ce moment même, d'autres hommes et d'autres femmes, obéissant aux mêmes nécessités, mus par les mêmes pressentiments, se regardaient, se parlaient comme pour la dernière fois en tant qu'individus : demain, la guerre effacerait tout.

Et si c'était à refaire ? se demanda Katriel. Il se revit dans la maison de son père, à l'école, à la *Yeshiva*, à l'armée où il avait rencontré Malka. Un souvenir : permissionnaire, il était venu passer le Shabat avec son père à Safed. Le matin, après l'office, ils avaient étudié ensemble, comme de coutume, mais Katriel était incapable de se concentrer. Son père, pourtant aveugle, s'en était aperçu : « Cela ne va pas, fils ? » Celui-ci avait reconnu que non, cela n'allait pas. Depuis qu'il portait l'uniforme, il ne discernait plus le rapport entre un Talmud vieux de deux mille ans et la vie courante. Et son père, attendri, lui avait souri : « Le rapport, fils, c'est toi. C'est toi le pont entre les Sages de Babylone et les générations à venir. Chaque homme doit se considérer responsable des uns et des autres, chaque homme les contient tous. — Ne crois-tu pas, père, que tu places sur mes épaules un fardeau trop lourd ? — Oui, je le crois. Mais tu ne seras pas, pour le porter, trop longtemps seul. Tu prendras femme, tu auras des enfants et ils transmettront mon nom et le tien pour être entendus, un jour, du Messie lui-même. » Peu après, Katriel annonça à son père qu'il était amoureux. De qui ? Elle s'appelait Malka. Nom qui plut au père. « Tu lui as dit que tu l'aimes ? — Non, père. — Pourquoi ? — Je n'ose pas. — Tu as peur qu'elle te repousse ? — Oui, père. — Ta timidité est mal placée ; aimer est un privilège, plus que d'être aimé. Sois-en fier, même si ton amour n'est pas partagé. » Et Katriel se revit, gauche, rougissant, en face de la jeune fille aux longs cheveux noirs : « Ce que j'ai à te dire doit être dit. Sache que je t'aime, sache que même si tu ne m'aimes pas, je ne regretterai pas de te l'avoir dit, ni de t'avoir aimé. » Elle l'écouta gravement, puis sans un mot, sans un sourire, l'attira à elle et l'embrassa longuement sur la bouche : baiser lourd de promesses. Katriel se dégagea : « Cela ne suffit pas, dis-moi que tu m'aimes. »

— Je t'en prie, répéta Malka, ne dis rien.

Revenir en arrière ? A quoi bon. Si c'était à refaire, je vivrais ma vie de la même manière, avec la même intensité. Malgré les coups durs ? Malgré eux. Et la souffrance muette de Malka ? Je tâcherais de l'apprivoiser, de lui imposer un sens, un devenir. Et la guerre ? J'agirais comme si elle n'existait pas. Certes, ce ne sera pas facile, cela ne l'avait jamais été. Malka n'évoquait les lendemains qu'avec horreur. Orpheline, elle refusait d'avoir des enfants : elle ne tenait pas à nourrir la mort. Cependant, elle se laissa convaincre par le père de Katriel. Et il y eut Sacha. Le sommeil innocent de Sacha. La croissance de Sacha, sa gaieté affectueuse. L'intelligence de Sacha, sa maturité précoce. C'était comme si l'enfant, à lui seul, eût décidé de combattre le règne noir de la peur. Katriel rentrait le soir et à peine ouvrait-il la porte que déjà Sacha sautait dans ses bras et lui récitait ses exploits de la journée. Parfois, il lui chuchotait dans l'oreille : tu sais, maman est triste aujourd'hui, il faut faire quelque chose pour elle, mais ne lui dis pas que je te l'ai dit. D'autres fois, c'était Katriel qui l'envoyait jouer avec sa mère, la divertir, l'égayer : sois gentil, très gentil avec elle. Puis vint le jour où les parents, vaincus, rentrèrent seuls.

Ils continuaient de s'aimer, de feindre l'oubli, le sommeil, luttant contre la dérive, le reniement. Une nuit, Malka se mit à sangloter : « J'aimerais comprendre, je ne demande rien d'autre, je ne suis pas exigeante, j'aimerais seulement comprendre. » Katriel ne sut que la caresser. Comprendre quoi ? Et si l'on connaissait la vérité, toute la vérité, telle qu'elle nous parvient, qu'en ferions-nous ? Cette vérité-là, trop pure, nous sommes trop faibles pour la supporter : seul Dieu n'a pas peur de sa vérité.

Lors d'une visite chez son père, Katriel ne put se contrôler. D'après le Talmud, lui dit-il, toute âme possède sagesse et connaissance illimitées qu'elle oublie en descendant sur terre. Peut-être lui sont-elles rendues après la mort. Trop tard pour s'en servir. Ce jeu-là, Katriel le trouvait injuste, scandaleux : « Aussi est-ce en ta présence, père, que j'ai souvent envie de crier, de crier pour obtenir une réponse. — Pourquoi ne le fais-tu pas ? — Je ne voudrais pas t'offenser, père. — Moi ? Tu penses à moi et non à Dieu ? — Oui, père .— Tu me fais de la peine, fils. Tu m'interposes entre Dieu et toi-même. » Ils passèrent quelques heures à étudier, puis Katriel, au milieu d'un passage, éclata : « Seigneur, nous t'aimons, nous te craignons, nous te couronnons, nous nous accrochons à toi malgré toi, mais pardonne-moi si je te dévoile le fond de ma pensée, pardonne-moi si je te dis que tu triches. Tu nous donnes la raison, mais tu en es la limite et le miroir ; tu nous exiges libres, à condition que nous te fassions don de cette liberté ; tu nous ordonnes l'amour, mais tu lui donnes le goût des cendres ; tu nous bénis et tu reprends ta bénédiction : tout cela, tu le fais pour prouver quoi ? pour nous enseigner quelles vérités sur qui ? » Et son père, vieilli, effondré, lui répondit : « Ce n'est pas contre lui que tu devrais lutter, mais contre le mal, contre la mort ; et l'on ne lutte pas contre la mort autrement qu'en créant la vie. »

Katriel n'était pas d'accord. La mort d'un homme n'est que la mort d'un homme, tandis que la mort d'un enfant c'est la mort de l'innocence, la mort de Dieu dans le cœur de l'homme. Et celui qui ne s'abreuve pas de cette vérité, qui ne la crie pas sur les toits, celui-là est un homme sans cœur et sans Dieu, celui-là n'a encore jamais vu les yeux brumeux d'un enfant qui s'éteint sans une plainte, qui meurt pour montrer le chemin à ses parents et ouvrir la voie qui les attend. Si je tombe demain, pensa Katriel, je retrouverai mon fils. La légende décrit l'Ange de la Mort comme un être fait d'yeux, d'yeux seulement : il ne fait que regarder, il tue en regardant. Si je tombe demain, je retrouverai le regard de mon fils. Et sa mère sera enfin seule.

— Malka...

— Non ! Ne dis rien !

— Quelques mots seulement. Sache que je t'aime. Je t'aime jusque dans ta solitude. Je ne tiens pas à te quitter sans te le répéter.

Les lèvres de la femme tremblèrent, mais aucun mot n'en sortit.

— Sache aussi que je pense à Sacha en te le disant. Ta tristesse, comme la mienne, ne m'a jamais empêché de t'aimer.

L'expression de Malka s'affermit brusquement. Elle humecta ses lèvres avant de murmurer :

— Tu as prononcé son nom. Maintenant, tu peux partir.

Et il y eut une telle douleur sur son visage que Katriel, épouvanté, en eut le souffle coupé.

— C'est si loin, reprit-elle d'une voix à peine audible. Parfois, je me demande si tout cela est vraiment arrivé, si Sacha n'était pas un rêve. J'avais besoin d'entendre prononcer son nom. Maintenant, tu peux partir.

Une heure, deux heures de silence. Une voiture s'arrêta

devant l'immeuble. Katriel pensa : maintenant, je dois empoi-
gner ma valise, ouvrir la porte, descendre les escaliers et
m'en aller. Et le chemin que j'emprunterai me mènera loin
d'elle, loin de moi.

— Je reviendrai, dit-il en déposant un baiser sur le front
moite de sa femme. Il n'y aura pas de guerre. Il n'y aura pas
de victimes. Tout ira bien, tu verras.

Elle se fit violence, lui sourit, mais ne l'accompagna pas
dehors. Clouée sur son siège, immobile, sombre, elle gardait
les mains nouées devant elle, comme décidée à ne plus rien
faire, à ne plus rien dire. Peut-être songeait-elle à son fils,
à tous les fils arrachés à leurs pères, à tous les pères arrachés
à la vie. Puis la nuit entra par la fenêtre. Malka l'accueillit
en se balançant lentement. Appuyée contre le mur, elle y
cognait sa tête à intervalles réguliers, à petits coups sourds,
désespérés.

Quelques jours plus tard, je fis la connaissance de Katriel.
Malka, elle, ne le revit plus.

Il me souvient de la chaleur qu'il faisait : stagnante, pareille à un ciel morne et opaque, elle écrasait le camp.

L'après-midi tirait à sa fin. La journée avait été longue, exténuante. Debout depuis quatre heures du matin, le bataillon était prêt à faire mouvement vers le sud. L'ordre du départ tardait à venir. Incertitude énervante, déprimante. Contre-ordre : tout déballer, s'enraciner à nouveau. De mauvaise humeur, les hommes grommelaient : ça s'annonce bien, si ça continue, c'est le soleil et non l'ennemi qui nous aura.

J'avais emprunté à Gad un vieil uniforme, et à présent je me tenais à l'entrée de la tente numéro dix. Allongés sur leurs lits de camp, les soldats de la troisième section attendaient le soir et les premières bouffées de fraîcheur.

— Salut, dis-je.

Indifférents, mes futurs camarades ne bougèrent pas.

— C'est moi votre sous-locataire. Puis-je voir le sergent Yoav ?

Celui-ci se leva et bougonna :

— C'est toi qui remplaces Asher ?

— Pas tout à fait, dis-je, afin d'éviter de possibles malentendus.

— Tu disais ?

— Je regrette, mais je ne remplace pas Asher, du moins : pas tout à fait.

Morose, il m'examina, ce qui me permit de lui rendre la politesse. Epaules carrées qui semblaient soutenir la charpente de la tente. Visage dur, saillant. Rouge partout : la tignasse, les sourcils, les pupilles.

— Reprenons du début, d'accord ? Bon. Asher s'est cassé une jambe, oui ou non ? Oui. J'ai besoin d'un mitrailleur ? Oui. Et tu me dis que ce n'est pas toi ?

— Pas tout à fait.

Le rouquin se fit dangereusement doux :

— Veux-tu avoir l'extrême amabilité de m'expliquer ta pensée ?

— Volontiers, sergent. Vous disposez d'un lit, je le prends. C'est tout. Cela dit, je n'ai jamais touché à une mitrailleuse.

Sa tête était à voir. Un rouquin qui rougit, c'est signe que le sang va couler.

— Lisez, dis-je pour prévenir une catastrophe.

Je lui tendis l'ordre de mission signé de Gad. Cela produisit sur lui l'effet souhaité :

— Il fallait le dire tout de suite.

Du coup, les autres s'intéressaient à ma personne :

— Qu'est-ce qu'il dit, ce bout de papier ?

— Rien. Le dénommé David nous fait l'honneur de nous tenir compagnie jusqu'à nouvel ordre.

Oscillant entre la déférence et le soupçon, tous participèrent à l'interrogatoire serré auquel je fus soumis séance tenante. Age, situation de famille, domicile, profession, signes particuliers : néant sur toute la ligne.

Voix hostiles :

— Il se moque de nous.

— Il joue à l'agent secret.

Je tins bon. Eux aussi. Les questions, de tous côtés, fusaient sans répit ni gêne.

— Tu es dans les renseignements militaires ?

— Non.

— Dans l'active ?

— Non.

— Réserviste ?

— Non.

— Mais tu es mobilisé, non ?

— Non, messieurs. Désolé.

— Tu n'as jamais fait ton service ?

— Jamais.

— Comment est-ce possible ?

— Raisons de santé. Entre autres.

— Mais tu portes l'uniforme, bon sang !

— Oui et non. Si on veut.

— Il se paie notre tête !

— Et il ose nous demander l'hospitalité par-dessus le marché ! On aura tout vu !

Penaud, je dus tirer les choses au clair et avouer que je ne faisais pas réellement partie de l'armée, que je n'étais pas réellement mobilisé, ni réellement citoyen.

— Mais qu'es-tu donc *réellement* ? s'enquit un persifleur.

— Juif, dis-je.

Réponse simple mais inattendue qui leur coupa l'élan et m'accorda un peu de répit. Pas pour longtemps. Quelqu'un fut prompt à se ressaisir :

— Que vas-tu faire ici ? A quoi vas-tu t'occuper ?

— Aucune idée. Je crois que je vais regarder.

Eberlués devant tant d'insolence, ils firent claquer leurs langues, leurs doigts, pour manifester leur réprobation :

— Regarder qui ?

— Regarder quoi ?

— Aucune idée, dis-je. Vous. Moi.

— Magnifique ! s'exclama quelqu'un. Demain, on dira : être juif, c'est regarder.

Tous s'esclaffèrent et moi je souhaitai m'engloutir sous terre. Les joues en feu, la tête bourdonnante, j'avais envie de revenir sur mes pas, de déguerpir du camp sans même revoir Gad. Mais à ce moment précis, du fond de la tente, émergea un soldat qui me tendit la main :

— Sois le bienvenu, David. Je m'appelle Katriel.

De haute taille, élancé, sûr de ses mouvements, il semblait avoir de l'ascendant sur ses camarades. Leur attitude envers lui était celle qu'on pouvait avoir envers un fou qu'on aime bien, sans raison.

— Ne riez pas, enchaîna-t-il. Regarder — et raconter — n'est ni plus facile ni moins important que le reste.

Il témoignera pour moi, pensai-je alors que je ne savais encore rien à son sujet. Confusément, je sentis déjà qu'il allait jouer un rôle dans ma vie, et peut-être dans ma mort. Pour l'instant, son intervention me sauva. L'atmosphère changea. Le sergent me désigna mon lit. On m'initia à l'organisation du camp. Quelqu'un me demanda si j'avais dîné ; je n'avais pas faim. Un autre voulut savoir si le règlement général s'appliquait également à moi ; je l'ignorais.

— Qu'importe ! trancha le sergent. Tu es ici, fais comme chez toi. Dorénavant, tu es des nôtres. Pour le meilleur et le pire.

Katriel m'intriguait. Je me mis à l'observer. Il souffrait d'insomnie. La nuit, je le voyais sortir à pas feutrés. Une fois, je le suivis dehors. Il se retourna et je fus frappé par l'intensité de son regard, où clartés et ténèbres s'affrontaient ; je m'aperçus que ses lèvres étaient en sang ; sa présence prenait un poids singulier dans le silence qui régnait sur le camp au repos. Vous me direz que j'ai imaginé cela. Possible. En tout cas, il me parut si étrange que, troublé, je regagnai ma tente.

Par nos camarades communs, qui l'avaient connu avant moi, je devais apprendre que son comportement avait été bien différent, au début. Maladroit, d'une timidité désarmante, il rougissait et était au supplice chaque fois qu'il devait ouvrir la bouche pour prononcer un oui, un non, un bonsoir, un merci. S'exprimant par gestes, il n'aspirait qu'à se rendre invisible. Il suffisait de l'appeler par son nom pour qu'il prenne un air torturé. On l'aurait dit effrayé par lui-même autant que par autrui. Dès qu'il se souvenait de sa propre existence, il perdait contenance et courbait le front, cherchant un endroit où se terrer. N'étant pas resquilleur, son caractère antisocial suscitait un amusement bienveillant. Pour lui faire plaisir, le soir, on l'excluait. Parfois on le taquinait, jamais méchamment.

Le changement en lui survint un soir où deux gars eurent une altercation et faillirent en venir aux mains. A propos de quoi ? Le sujet importe peu. Le pays était plongé dans un état de tension telle, que la moindre remarque — sur la nourriture, le temps qu'il ferait — pouvait provoquer une tempête. On s'interposa, mais les injures échangées avaient créé un malaise qui, pendant des heures, pesa sur les hommes. La conversation languissait. Çà et là, quelqu'un lâchait une bribe de phrase, du bout des lèvres : rien. Elle tombait dans le vide. Finalement, un petit Yéménite impétueux et jovial — Gdalia — décida, pour détendre les esprits, de se servir de Katriel.

— Tu vois, lui dit-il. C'est ta faute, c'est ton influence. Tous t'imitent. A cause de toi, les voilà muets comme des pierres tombales.

A peine eut-il fini de ricaner qu'une voix rauque s'éleva :

— Ce n'est pas de ma faute, du moins je l'espère. Mais si je me trompe, je vous en demande pardon. Et puisque vous ne dites rien, je parlerai, moi. Je ne suis pas contre le silence, vous vous en doutez déjà. Mais je suis contre le silence qui divise. Contre celui qui, ce soir, nous blesse et nous hérisse.

Stupéfaits, les gars sautèrent sur leurs jambes pour voir si c'était bien lui qui avait débité tous ces mots sans s'étrangler, sans s'évanouir. Certains crièrent au miracle. Gdalia, ragaillardi par son succès, continua sur la même piste.

— C'est ta faute, te dis-je. Tu leur as jeté un sort ! Par ton silence, tu leur as ôté le pouvoir de la parole !

La respiration du malheureux se brisa, se fit saccadée, comme celle d'un malade qui souffre en luttant pour vivre, pour parler :

— Tu as raison. Peut-être. Tout est possible. Après tout, je suis responsable de mon silence comme vous l'êtes de vos paroles.

— Eh oui, dit Gdalia en dissimulant mal son hilarité. La faute retombe sur toi, à toi de l'expier. Déclame un poème, fais un discours : dis n'importe quoi, mais dis-le vite !

Katriel se souleva, se recoucha et parla :

— Rabbi Nachman de Bratzlav compare le *Yetzer Hara*, le tentateur, au prestidigitateur malin qui suscite l'envie et le désir des gens en leur exhibant sa main fermée, bien fermée. Sûrs d'y trouver on ne sait quels trésors, ils la lui ouvrent de force et n'y découvrent que le vide. Seulement, je ne suis

97

pas d'accord avec rabbi Nachman. Aucune main n'est vide. La preuve : celle-ci contenait cette parabole.

— Je ne comprends pas, dit Gdalia pour le narguer. Et si c'est pour ne pas comprendre, je préfère Spinoza.

Il éclata de rire, mais les autres ne se joignirent plus à lui. Katriel lui jeta un coup d'œil douloureux et reprit sur le même ton humble, en se frottant les tempes pour mieux se concentrer :

— Enfant, il m'arrivait de ne pas comprendre ce que mon père s'acharnait à m'enseigner ; j'en pleurais de rage, de honte. Plutôt que de gaspiller son temps en explications, mon père me consolait en disant : ce qui se dérobe à ton entendement, aime-le davantage, tu en seras récompensé, ton amour te sera rendu. Cette récompense, je l'attends encore, mais cela ne m'empêche plus d'aimer les histoires.

Gdalia l'interrompit, on le fit taire. Quelque chose dans la voix de Katriel touchait ses camarades et les bouleversait. Il parlait doucement, comme s'il étudiait quelque texte sacré, comme s'il essayait de percer le mur érigé entre la pensée et la parole.

— J'aime les histoires, dit-il, et c'est grâce à mon père que je les aime. Tout ce que je sais, je le tiens de lui. C'est lui qui m'a appris à me mesurer aux mots et à me concilier le silence, sinon la vérité, qu'ils recèlent ; il m'a appris à écouter. Savez-vous qu'il nous est donné d'enrichir une légende simplement en l'écoutant ? Elle appartient autant au conteur qu'à son public. Vous écoutez une histoire et, du coup, elle n'est plus la même.

Un souvenir lointain alluma un sourire dans son visage sombre :

— Savez-vous qu'il nous est donné d'approfondir la source simplement en nous dirigeant vers elle ? Et puis en y puisant ? Cela aussi, je le tiens de mon père. Je ne fais que répéter ses paroles. Mais le silence des paroles est mien.

Il se tut. Les hommes, émus, ne firent rien, ne dirent rien qui aurait pu rompre le charme. Gdalia lui-même, grand enfant émerveillé, se tint tranquille.

— J'aime le silence, reprit Katriel. Mais attention : tous

les silences ne sont pas purs. Ni féconds. Certains sont sté-
riles, maléfiques. Mon père sait facilement les discerner ;
moi, difficilement. Il y a le silence qui précéda la création
du monde ; et celui qui accompagna la révélation sur le
mont Sinaï. Le premier était fait de chaos, de solitude ; le
second de présence, de fièvre, de plénitude. J'aime le second.
J'aime que le silence ait une histoire et qu'il soit transmis
par elle. Avec mon père... avec ma femme... il m'arrive de
passer une soirée sans échanger une parole, et pourtant,
en nous levant, nous savons que nous nous sommes tout dit.
Avec vous j'ai échoué, c'est ma faute, j'accepte le blâme, et
je vous en demande pardon.

Brusquement éveillé, il réalisa qu'il était debout et qu'il
discourait. La honte l'étouffa. Couvert de sueur, il émit un
soupir de pénitent et s'élança vers la sortie. Dix bras l'agrippèrent et le portèrent en triomphe. Gdalia se frappa les
genoux en riant :

— Il a bu, ma parole ! C'est la seule explication possible !

— Que vas-tu chercher là ? protesta le sergent. Katriel ne
touche pas à l'alcool.

— Je te dis que oui, s'entêta le petit Yéménite. Je suis tout
de même bien placé pour le savoir, moi qui l'ai découvert,
non ?

On eût dit un impresario frétillant autour de sa vedette.
Ayant des droits sur Katriel, il vantait ses dons et ses folies.

— Vous voulez une explication, dit-il, rouge d'excitation.
Vous l'aurez. Elle est simple. Jusqu'à aujourd'hui, Katriel
ne parlait pas, ne buvait pas. Aujourd'hui, il a parlé ; donc, il
a bu. C'est logique, non ?

Dans la huée générale, Katriel fut promu enfant prodigue
de la compagnie. On le ménageait, on le choyait. On espérait
le faire parler à nouveau. En vain. Il ne répondait qu'aux
taquineries excessives. Mais Gdalia et les copains, par crainte
de le blesser en dépassant la mesure, préféraient patienter.
Je dus en faire autant. Deux jours et deux nuits passèrent
sans que ma curiosité fût satisfaite.

Comme partout, les conversations dans le camp ne tournaient qu'autour de la guerre : on l'aura ? on ne l'aura pas ? Les uns la redoutaient malgré tout, les autres la souhaitaient malgré tout. Le temps jouait contre nous, c'était évident. Une conflagration paraissait imminente, inévitable. Prendre l'initiative ou atermoyer ? Chacun s'exprimait en diplomate averti, en stratège chevronné : il faut faire ceci, dire cela. Mais tous étaient d'accord sur l'issue : nous gagnerons parce que nous n'avons pas le choix ; l'ennemi peut se permettre de perdre une fois, trois fois, dix fois ; pour nous, aucune victoire n'est la dernière, alors que toute défaite le serait.

La menace se précisait, l'étau se resserrait de jour en jour, d'heure en heure. La tension avait depuis longtemps atteint la cote d'alerte. Déterminé à donner à la diplomatie ses chances, le gouvernement tergiversait. L'ennemi y voyait une preuve de faiblesse. Que faire ? Message de Paris : ne tirez surtout pas les premiers. Requête de Washington : patientez, informez, ayez confiance. Avertissement de Moscou : les ennemis de nos amis sont nos ennemis ou le seront. Le Vatican, fidèle à ses principes, gardait le silence.

Aux mille journalistes accourus des quatre coins de la terre, le pays présentait un visage méconnaissable, confiant mais grave. Les chauffeurs de taxis étaient tous vieux. Des écoliers distribuaient le courrier, creusaient tranchées et abris antiaériens, remplaçaient les adultes au bureau, dans les champs. Peu d'automobiles sur les routes. Cafés et hôtels étaient déserts. Des télégrammes, par centaines, affluaient de partout : évacuez les enfants, nous les hébergerons. Refus poli, mais catégorique : si des enfants juifs devaient être protégés et sauvés, c'est ici même qu'ils le seraient.

Dans l'attente d'un événement, de l'épreuve décisive, sous l'œil du destin, les gens, dans les endroits publics ou chez eux, s'entretenaient en baissant la voix. Des inconnus s'interpellaient, s'entraidaient. Pas de panique dans les magasins de ravitaillement. Pas de bousculade en faisant la queue.

De mémoire de citoyen, on n'avait jamais vu les habitants si aimables. L'angoisse secrète leur conférait un air d'émouvante dignité. Un correspondant étranger écrivit : j'ai honte de sortir en civil. Un autre alla plus loin : j'ai honte de ne pas être Juif.

Cependant, l'ennemi se préparait à l'attaque. Ouvertement. Adversaires et rivaux héréditaires concluaient pactes et alliances, s'embrassaient devant les caméras et plaçaient leurs armées sous commandement unifié. La Chine leur promettait l'appui moral de ses masses. L'Union soviétique dépêchait techniciens et équipement. L'Algérie enverrait avions et cadres, le Koweit une division blindée. Dans les capitales arabes en effervescence, les foules délirantes acclamaient les futurs héros de la guerre sainte, de la guerre totale. Leurs orateurs, surexcités, invitaient les femmes juives à se faire belles pour accueillir les conquérants. Et ceux-ci avaient des ordres clairs et simples : incendier les villes, raser les kibboutzim, égorger les combattants et noyer le peuple de l'espérance dans un océan de sang et de flammes. Des mots ? Oui, des mots. Des mots qui font rire, qui font peur. Des mots qui hantent les cimetières.

— Et le monde laisserait faire ?

— Pourquoi pas ? Il en a l'habitude.

— Et les gouvernements civilisés, progressistes ?

— Ils feront des discours. Comme d'habitude.

— Et nos amis ?

— Ils se distingueront des autres en ceci : ils pleureront, eux, en prononçant leurs éloges funèbres.

Une discussion de ce genre eut lieu, sous la tente, le soir de mon arrivée. Je frissonnai : le passé nous tenait dans ses griffes. Etait-ce bien, était-ce mal ? L'avenir le dira, la guerre le dira. La guerre : encore une. La dernière. On dit toujours cela. On se bat pour ne plus se battre. On tue pour vaincre la mort. Qui sait, Caïn avait eu peut-être l'ambition d'être non seulement le premier, mais aussi le dernier meurtrier de l'histoire. Un jour, cette guerre aussi sera contée, et on saura qu'elle n'aura pas été la dernière.

— Si l'histoire se répète, je garderai la dernière balle

pour moi-même. Je n'ai aucune envie de vivre au sein d'une humanité qui me refuse le droit à la vie.

La voix de Shimon. La voix triste, la détermination lucide d'un ancien combattant des ghettos.

— Non ! Je suis contre ! Le droit à la vie, nul ne peut me l'offrir ni me le retirer ! Ce droit-là, je le prends. Et je ne permettrai à personne de me le contester !

La colère de Yoav, le sabra, le jeune guerrier d'un kibboutz de la Galilée. Qui dit que rien n'a changé depuis l'holocauste ? C'est faux. Nous avons changé.

— Les larmes, les appels à la conscience, les pétitions, je n'y crois plus, dit Yoav. Dieu ne nous aime pas, le monde non plus : tant pis. Ce n'est plus notre problème, mais le leur. Désormais, ils ne figureront plus dans nos calculs ; nous en ferons abstraction. Je me moque de ce qu'ils peuvent dire ou ne pas dire, penser ou ne pas penser : leur jugement ne me concerne plus. Nous seuls déciderons de la tactique à suivre. Que l'humanité ait une conscience ou non, cela ne me regarde plus. Je crois qu'elle n'en a jamais eu. Je crois que les Juifs persécutés l'ont inventée souvent comme bouclier et parfois comme excuse. Pour ne pas se battre.

— Ne dis pas cela.

— Si, je le dirai : ils se laissaient massacrer comme des saints peut-être, mais non comme des hommes.

— Tu insultes les victimes, les martyrs.

— Si, pour survivre, je devais les insulter, eh bien, je les insulterais ! Ils n'avaient qu'à se mettre en colère, qu'à s'insurger, quitte à incendier le reste de l'Europe, le reste de l'univers.

— Ne parle pas comme cela, supplia Shimon. Les victimes, en s'en allant, avaient jugé le monde indigne d'être sauvé ou détruit par elles ; nul vivant n'a le droit de leur en vouloir.

A ma droite, Katriel, mains sous la nuque, poursuivait un rêve pour lui seul. Gdalia, pour qui l'holocauste relevait de la mythologie ancienne, se garda de participer à la discussion. Shimon se leva, hésita un instant et sortit. Yoav éteignit la cigarette qu'il venait d'allumer et le suivit. Ephraïm, le plus âgé et le plus pieux de la compagnie, émit un gémissement étouffé :

— Jusqu'à quand, Seigneur ? Et pourquoi ?

Katriel eut un mouvement, comme pour lui répondre, mais se ravisa.

Pourquoi et jusqu'à quand ? Question innocente, enfantine, qu'au cours des générations d'autres Ephraïm n'avaient cessé de se poser. Les Romains et les ennemis des Romains, les chrétiens et les ennemis des chrétiens, les musulmans et les ennemis de l'Islam : Ephraïm était leur cible préférée. On le bafouait, on le torturait au nom de l'amour pour l'homme et pour Dieu, on le tuait pour la gloire des jours à venir et pour venger le passé, le sien et le leur, on l'accusait tour à tour de pauvreté, de richesse, de faiblesse, de puissance, d'hérésie, de fanatisme, et lui, il murmurait, ou criait : jusqu'à quand et pourquoi ? pourquoi nous, toujours nous ? qu'avons-nous fait au monde pour qu'il s'acharne à vouloir nous rejeter si souvent, si facilement ? Pourquoi juge-t-il son existence incompatible avec la nôtre ? Depuis vingt siècles, les noms des bourreaux et des victimes changent, comme changent les circonstances et les prétextes invoqués, mais la question est demeurée la même, plus brûlante que jamais.

Un souvenir : le neuvième jour du mois d'Av, dans la demeure de mon Maître, Kalman le kabbaliste, dont la barbe est plus jaune que de coutume. Assis par terre, nous pleurons la destruction du Temple. Nous étudions les textes de la martyrologie juive : récits et lamentations d'une beauté déchirante. Les croisés, les bûchers, les pillages, les profanations, les pogroms, les chasses à l'homme : toutes les larmes juives coulent dans la mer qui en fait un chant plus profond que l'abîme. J'interroge mon Maître : je conçois que Dieu, pour des raisons qui sont les siennes et non les nôtres, veuille nous punir ; mais pourquoi les peuples, tant de peuples, tiennent-ils à lui servir de fouet, de glaive ? Et mon Maître, le corps émacié par le jeûne, me répond sans me regarder : « Nous sommes la mémoire de Dieu et le cœur de l'humanité. Nous ne le savons pas toujours, elle oui. C'est pourquoi elle nous traite avec soupçon, avec cruauté. Elle châtie son cœur, que la mémoire s'obstine à lui rappeler. Elle frappe la mémoire qui lui fait peur, qui la relie aux ténèbres du commencement. Aussi, en nous tuant, l'humanité espère devenir immortelle ; elle nous tue parce que, trop souvent, elle nous imagine immortels. En vérité, il ne nous est pas donné de mourir. Même si nous le voulions, nous ne le pourrions pas. Pourquoi ? Peut-être parce que le cœur, par nature, par vocation, ne peut pas ne pas interroger la mémoire. »

Dans la tente à côté, on fit marcher un transistor. Dernière émission de la journée. Rien de nouveau. Fanfaronnades, ultimatums crâneurs du côté de l'ennemi. Neutralité bienveillante, ou malveillante, de la part de tel chef éclairé en Europe, ou en Asie. Dans son palais de verre à New York, sur l'East River, le Conseil de Sécurité de l'O.N.U., à grands coups de grandiloquence, confirmait son impuissance. Israël, face à cent millions d'Arabes, émergeait comme la plus solitaire des nations.

Sauf que l'opinion publique et libre, indignée par les exhortations aux génocides, savait désormais à quoi s'en tenir. La gauche avait pris position contre Moscou. Le parti communiste lui-même s'avérait ébranlé, divisé.

De plus, le peuple juif dans son ensemble avait offert son appui inconditionné à Israël, dont il devenait l'allié le plus sûr, le plus fidèle. Une lame de fond, d'une force surprenante, soulevait les communautés dispersées ; leur solidarité, à présent, donnait toute sa mesure. Groupes d'action et comités de coordination, siégeant jour et nuit, organisaient à grande échelle manifestations de rue, pétitions et appels, mobilisations de fonds et de volontés : on assistait à un véritable raz de marée. Ce peuple n'avait jamais été si uni, n'avait jamais connu pareille ferveur. Un ancien ministre en Europe proclamait sa honte d'être citoyen d'un pays dont la politique hypocrite condamnait Israël à périr. Un sociologue prestigieux écrivait que la disparition de l'Etat juif lui ôterait la force de vivre. Des intellectuels qui, jusqu'alors, subissaient leur condition juive comme une contradiction gênante, maintenant la revendiquaient ouvertement. Des assimilés de longue date .oubliaient leurs complexes, des sectaires leur fanatisme. Ecrivains et artistes, étudiants affamés et marchands débonnaires, religieux et athées, tous se retrouvaient dans le même camp, portés par la même vague. Du coup, chacun se découvrit responsable de la survie collective de tous ; chacun se sentit marqué, visé. Un violoniste célèbre annula récitals et concerts et s'envola vers Lydda en déclarant : « Nos ennemis clament qu'ils extermineront deux millions et demi de Juifs, eh bien, qu'ils en ajoutent un de plus ! » Des jeunes, par milliers, brûlaient d'aller se battre, ou simplement d'être présents. Du fond du Mississipi, un commerçant téléphona au consulat israélien de New York : « J'ai vécu ma vie en Juif honteux, sachez que je ne le suis plus, que je ne me cacherai plus. Je vais révéler à mes enfants qui je suis, qui ils sont. » Un banquier européen suggéra à tous ses congénères d'adopter la nationalité israélienne, en plus de la leur. Un professeur, universitaire renommé, alla plus loin : « Si mon gouvernement m'impose un choix, un déchirement, j'opterai pour mon peuple menacé. »

J'ai compris alors qu'à l'heure de l'épreuve, l'homme est plus que lui-même, représente plus que sa propre personne. A l'heure où ses racines sont en jeu, il devient la somme d'expériences acquises ou reçues, ensemble de destins enchevêtrés, réseau souterrain d'amitiés, d'alliances, il devient conscience. Les chimères et les remords, les ombres et les êtres sans ombre qui ont peuplé ses nuits, les voilà en lui, avec lui, faisant ce qu'il fait, et plus encore le poussant à l'engagement, au défi. Comme s'il était le dernier maillon d'une chaîne aussi immense que fragile, il n'a d'yeux et d'amour que pour elle. Spectateur, il se fait témoin. Visionnaire, il devient tous ces personnages à qui, jadis, il a donné un battement, une lueur de vie.

Le réveil, à ce sommet, tenait de l'irrationnel. Hantés par l'holocauste, l'Etat d'Israël et le peuple d'Israël, de nouveau, n'avaient qu'une mémoire, qu'un cœur, et ce cœur vibrait et battait, fort de sa fougue, surpris de son propre élan : c'était leur première victoire, et d'innombrables récits nous en parvenaient jusqu'au camp par la voie des ondes et des journaux.

Un rabbin de Safed, connu pour son intolérance, permit à ses adeptes de creuser des tranchées le jour même du Shabat : « Abandonner l'homme, leur disait-il, est péché plus grave qu'abandonner Dieu. La Torah d'Israël dépend de l'existence d'Israël. Il arrive que le Tout-Puissant se détourne de son peuple, est-ce une raison pour nous d'en faire autant ? Je dis : non ! Vous m'entendez ? Sans Israël, le Shabat perdra sa sainteté. Pour sauver notre peuple, nous sacrifierons le Shabat. »

Un Tzadik, ailleurs, s'enferma dans son cabinet et, la tête dans ses mains, il s'adressa à Dieu : « Je n'ai jamais mis en question Ta justice, Ta bonté, bien que leurs voies m'aient souvent échappé. J'ai tout subi, tout accepté avec amour, avec reconnaissance plutôt qu'avec résignation. J'ai accepté les châtiments, l'absurde, les hécatombes, j'ai même passé sous silence la mort d'un million d'enfants. A l'ombre du mystère intolérable d'Auschwitz, j'ai fait taire en moi le cri et la colère et le désir d'en finir une fois pour toutes. J'ai choisi la prière, la dévotion. Je me suis efforcé de transformer en chant le poignard que tu avais si souvent plongé dans mon cœur soumis. Je ne me cognais pas la tête au mur, je ne m'arrachais pas les paupières afin de ne plus voir, et la langue afin de ne plus parler. Je me disais : il est facile de mourir pour Toi, plus facile que de vivre avec Toi, pour Toi, dans ton univers béni et maudit, où la malédiction aussi porte ton sceau, comme le reste. Je m'inventais des raisons, des joies pour pouvoir les attacher à toi et m'y attacher aussi. Mais... »

Malgré sa résolution de contenir ses larmes, il les sentit couler dans ses mains. Il les laissa couler : « Mais c'est fini, enchaîna-t-il avec une vigueur redoublée. M'entends-tu ? C'est fini, te dis-je. Je suis à bout, je n'en peux plus. Si cette fois encore tu désertes ton peuple, si cette fois encore tu permets à l'égorgeur d'égorger tes enfants et de souiller leur fidélité à l'alliance, si tu bafoues maintenant ta promesse, alors sache, ô Maître de tout ce qui respire, sache que tu ne mérites plus l'amour de ton peuple et sa passion de te sanctifier, de te justifier envers et contre tous, envers et contre toi-même ; si cette fois encore les survivants sont massacrés et leur mort tournée en dérision, sache que je quitterai mon fauteuil, mes fonctions de guide, je me laisserai tomber à terre, le front couvert de cendres, et je pleurerai comme je n'ai jamais pleuré de ma vie, je hurlerai comme aucune des victimes n'a jamais hurlé avant de mourir, et sache que chacune de mes larmes, chacun de mes cris, ternira ta gloire, que chacun de mes gestes te reniera et me reniera comme tu m'auras renié, moi, comme tu auras renié tes serviteurs jusque dans leur vérité éclatante et éphémère. »

Effondré, à court de souffle, le rabbi posa sa tête, soudain plus lourde, sur la table, comme pour se cacher.

Et voici ce qui se passa en Ukraine. L'unique synagogue de Kiev n'avait jamais connu pareille affluence. Deux mille personnes. Chose rare : beaucoup de jeunes dans le public. D'ordinaire, le mouchard en chef, un personnage nommé Yona Goner, se chargeait de les tenir à l'écart. Bourru, mauvais, hargneux, il réprimait la moindre tentative, en vue de transmettre l'héritage juif à la nouvelle génération. Président de la synagogue, il la dirigeait en geôlier. Les vieillards qui d'habitude venaient y prier, tremblaient devant lui. Tous étaient au courant de ses relations avec la police secrète.

Mais ce soir-là, les jeunes, arrivés avant lui, étaient trop nombreux pour qu'il pût les expulser. Rusé, il comprit le sens de leur présence : faire acte de solidarité avec leurs frères, au loin. Les vieillards le comprirent également. Ils rayonnaient de fierté, de bonheur. A voix basse, ils se consultèrent et décidèrent de frapper un grand coup. Et lorsque Yona Goner ordonna au chantre de commencer l'office, trois vieux notables se levèrent et intimèrent à celui-ci de rester assis. Puis, le plus âgé des trois toisa le président et déclara avec fermeté : « Tant qu'un mouchard est présent, il nous est défendu de prier en commun. — Quoi ? sursauta Goner. Que dis-tu ? »

Le porte-parole répéta sa déclaration, en précisant qu'elle était basée sur la *Halakha*, la loi talmudique. « Vous êtes fous ? mugit Goner à pleins poumons. Des inconscients, voilà ce que vous êtes ! Vous vous croyez tout permis ? Cette incitation au désordre, à l'insubordination, risque de vous coûter cher ! — Nous le savons. — Vous me paierez cela ! — Volontiers, camarade président. — Chantre ! Commence l'office ! N'écoute pas ces irresponsables ! Vas-y, c'est un ordre ! »

Le chantre ne broncha pas. Goner, cramoisi, convulsé, le démit de ses fonctions sur-le-champ et les offrit à quelques fidèles qui savaient officier. Tous restèrent cois. « Certes, il vous est possible de nous dénoncer, de vous venger, dit le porte-parole. Nous sommes vieux, nous n'avons plus grand-chose à perdre. Nous sommes prêts à tout. »

Et brusquement, il haussa la voix : « Désormais, par rapport à vous, nous serons des Juifs libres. C'est donc en tant qu'homme libre que je vous prie de démissionner, de rentrer chez vous, afin que la communauté puisse se recueillir dans le chant et la prière. »

Dans la salle, deux mille spectateurs retinrent leur souffle. Les jeunes mirent un moment à comprendre ce qui s'était déroulé devant leurs yeux. Les aînés souriaient, se donnaient des coups de coude et tous se sentaient légers, affranchis. « Non ! cria le président. Je ne m'en irai pas ! — Dans ce cas, il n'y aura pas d'office ce soir. »

La scène se répéta plusieurs fois. Les Juifs de Kiev venaient à la synagogue, Goner y venait aussi. Ils restaient une heure ou deux, en silence. Aucun service ne fut célébré. Puis, n'en pouvant plus, Goner céda. Il s'en alla. Et le chantre se remit à officier, le *Baal Koré* à lire la Torah du haut de la tribune.

Et les Juifs de Kiev, fiers de leur exploit, vous diront : la guerre d'Israël ? Nous y avons participé.

C'est que tous les Juifs, partout, y ont participé, chacun à sa manière. Et nous, au camp, nous en étions conscients. Jouant le rôle de messagers, des conférenciers parcouraient nos unités pour les insuffler de courage au nom d'une prise de conscience collective, dont l'étendue nous paraissait incommensurable. Emerveillés, nous les écoutions en les bombardant de questions : quelle est l'attitude de tel homme d'Etat, de tel industriel, de tel romancier ? Avec l'exposé de chaque cas, l'espoir croissait. Oui, les miracles étaient non seulement nécessaires, voire indispensables, mais ils étaient également possibles ; oui, la solitude juive millénaire, il était en notre pouvoir de la briser, de la surmonter. Plus les visiteurs parlaient, plus nous les exhortions à continuer. Ils devaient tout raconter, ne rien omettre.

Eh oui, nous vivions des journées mémorables, historiques, c'était clair, c'était tangible. N'aimant pas les grands mots, nous ne le proclamions pas. A quoi bon faire des phrases ? Nous avions d'autres soucis en tête. Nous savions que la veillée d'armes ne durerait pas indéfiniment. Les dieux de la guerre, devenus fous, nous avaient déjà entraînés au bord du précipice. A tout moment les événements pouvaient se déclencher, se déchaîner, et le monde ne se ressemblerait plus : nous assistions à sa métamorphose.

En ce qui me concernait, j'avais déjà effectué la mienne. Moi qui me croyais immanquablement rebelle à la vie en commun, à la discipline militaire, je m'y étais vite adapté. Renonçant à mes privilèges, ainsi qu'à mon goût pour la solitude et l'imprévu, je me levais et me couchais à des heures fixes, imbriqué dans l'appareil collectif, et comme les autres dans le camp, je maudissais la chaleur et les exercices, la monotonie et l'incertitude, et me laissais aller, en sentimental que je ne suis pas, lorsque, en fin d'après-midi, les villageois nous apportaient gâteaux, fruits et menues friandises.

Je recherchais la compagnie de Katriel. Son comportement aiguisait ma curiosité. Solitaire, il savait écouter quiconque éprouvait le besoin de s'épancher. Il suivait son interlocuteur comme pour se confondre avec lui. Comme moi, il avait la faculté de vivre la vie d'autrui. Sauf que lui n'y trouvait pas matière à révolte.

Sa crédulité excessive me déroutait aussi. Il ne mettait aucune parole en doute. Tous les êtres, selon lui, possédaient une étincelle de vérité qu'ils traduisaient souvent à leur insu. Mais les menteurs ? lui demandait-on. Oh, les menteurs croient faire de l'humour, répondait-il. Pour la plupart, ils mentent pour gaspiller leur part de vérité, sans y parvenir.

Notre premier tête-à-tête eut lieu un samedi. Le camp était assiégé de femmes et d'enfants venus rendre visite à leurs maris et pères. J'étais resté dans la tente. Katriel aussi.

— C'est idiot, me disait-il, mais ces réunions de familles me font mal.

Et, après une hésitation :

— Je devrais t'envier. Tu es seul. Tu peux vivre ou mourir sans impliquer autrui. Tu ne dépends de personne et personne ne dépend de toi.

— Et toi ?

— Moi, j'ai charge d'âme.

— Moi aussi, dis-je.

C'était vrai. Tous les amis que j'avais eus, toutes les femmes que j'avais aimées, morts ou disparus, je ne pouvais m'en libérer.

— Mais tu vas rire, dis-je après un silence. Dernièrement, il me semble que je devrais t'envier, toi.

— Moi ?

— Pas seulement toi.

C'était vrai. Tous nos copains, je les enviais pour leurs liens et leurs soucis. Leur peur de la mort, je la leur enviais aussi. Rien n'est aussi déprimant qu'une route sans fin.

— C'est vraiment idiot, dit Katriel. Nous nous connaissons si peu, et pourtant nous nous envions l'un l'autre. Comme si cela servait à quelque chose.

Le soir même, sans se faire prier, il me raconta une parabole qui m'inquiéta. La voici :

Un jour, un homme quitte son foyer, son village natal où le temps n'existe pas, et s'en va à la recherche d'un arc-en-ciel, d'une aventure. Il se dirige vers la grande ville lointaine, inconnue. Le soir le surprend en pleine forêt. Il choisit un sapin au feuillage épais, sous lequel passer la nuit, à l'abri du vent et des voleurs. Avant de s'endormir, il ôte ses souliers et les met près de lui, dans le sens du chemin à suivre. Pouvait-il prévoir que, aux environs de minuit, pour l'embrouiller, le punir, ou le sauver, un plaisantin retournerait ses chaussures dans le sens inverse, celui du village ? A l'aube, ne se doutant de rien, il se lève, remercie le Seigneur de lui avoir rendu la vue et l'âme, et c'est d'un pied léger qu'il poursuit sa marche. Au bout d'un certain temps, du haut d'une colline, il aperçoit enfin la cité mystérieuse, promise. Il se dit qu'il l'avait imaginée plus vaste, différente. Vue de plus près, à l'intérieur, elle lui semble curieusement familière : le fleuve, les jardins, les carrefours. Les mêmes que chez lui. De plus, il croit reconnaître chaque immeuble et deviner ce qu'il héberge. A droite : l'auberge et ses ivrognes, qui sont sales non parce qu'ils tiennent à la saleté, mais parce qu'ils n'ont pas confiance dans l'eau. Plus loin, la mairie avec son drapeau tricolore flétri qui, sur le mât, pend comme la tête d'un cheval recru de fatigue. A gauche : la gendarmerie, faisant tampon entre l'épicerie et la boucherie, dont les braves propriétaires sont à couteaux tirés par tradition plus que par nécessité. Au marché, derrière la salle des fêtes, le visiteur sait d'avance ce que chaque ménagère achètera, à quel prix, chez quel fermier. Surpris plus que déçu, il songe : eh bien, on m'a menti ; la grande ville n'a pas de quoi se vanter, elle n'est riche d'aucun secret ; peut-être qu'elle n'existe même pas ; seul mon village existe, c'est son image que le monde me renvoie. Dès lors, il ne s'étonne plus de rien. Il sait qu'en tournant au prochain coin, après le logis du cordonnier, il se retrouvera devant une maison pareille à la sienne. La porte est légèrement entrebâillée : tiens, on devrait réparer la serrure ; comme chez moi. De l'intérieur, une voix l'invite à entrer : tu dois avoir faim, viens manger. On dirait la voix nasillarde, autoritaire, de sa femme. C'est à devenir fou, mais son estomac étant vide, autant obéir, ne pas faire d'histoires. D'ailleurs, il a toujours obéi à sa femme. Il traverse donc la cuisine, entre dans le salon, dont les fenêtres donnent sur la cour bordée de verdure. Il s'assied à table. Des enfants lui sourient, et cela l'inonde de tristesse. Le plus petit grimpe sur ses genoux, joue avec sa barbe et lui chuchote dans l'oreille : tu restes avec nous, dis ? N'est-ce pas que tu vas rester avec nous ? Pour ne pas lui faire de la peine, et aussi parce qu'il se sent pris au piège, et qu'il se dit « à quoi bon », l'étranger caresse les cheveux dorés de l'enfant et finit par tout lui promettre.

Katriel s'interrompit, réfléchit comme pour vérifier la suite du récit, puis répéta les derniers mots :

— Oui, il finit par tout lui promettre.

— Ensuite ? demandai-je, en m'accoudant pour mieux le voir.

— Ensuite, rien.

Quelque chose dans sa parabole me troublait. Il me semblait l'avoir déjà entendue. Sa résonance en moi n'était pas nouvelle.

— Oui, il a tenu sa promesse, reprit Katriel. Il n'est plus rentré dans son village. La mort est allée le chercher chez lui, mais ne l'a pas trouvé.

Et, tout en fixant un point invisible de l'espace, il se mit à hocher la tête, faisant oui-oui à l'enfant, oui-oui à l'étranger, et peut-être même à la mort.

— Tout cela ne tient pas debout, objecta quelqu'un. En arrivant dans son « nouveau.» domicile, ton voyageur aurait logiquement dû buter sur son double.

— Tu n'y comprends rien, ricana Gdalia. Celui-ci était lui aussi parti à l'aventure...

— ...A la recherche d'un inconnu, peut-être ?

— Ou de la mort ?

— Vous nous embêtez tous, dit Gdalia, protecteur attitré de Katriel.

Oui, j'avais déjà entendu cette histoire, me disais-je. Quand, où, et racontée par qui ? Je ne m'en souvenais pas et cela m'irritait, comme chaque fois que ma pensée, dans une poussée de fièvre, s'inventait des obstacles infranchissables. Ce voyageur, avec ses fuites et ses échecs, ne me parut pas un inconnu. Aussi, mû par une impulsion confuse, je m'emportai contre Katriel.

— Je n'aime pas ton histoire, lui dis-je pour le provoquer.

114

— Parce que tu t'y reconnais ? fit Gdalia en se soulevant sur son lit.

Ignorant son interruption, je continuai :

— Ton histoire tire un trait sur la vraie femme, les vrais enfants qui, laissés pour compte dans leur bourg perdu, attendent en vain le retour du voyageur. Leur sort m'importe autant que le sien ; leur peine vaut sa quête.

Je m'étais exprimé avec emphase. Je devins le point de mire des regards interloqués et réprobateurs, comme si je m'étais rendu coupable de je ne sais quel délit. Dans la pénombre envahissante, je vis Yoav et Shimon m'examiner de travers, se demandant quelle mouche avait bien pu me piquer. En vérité, je me le demandais moi-même.

— Continue, je t'en prie, dit Katriel très bas.

J'hésitai un instant, mais ne parvins pas à maîtriser ma voix ni à lui faire dire autre chose.

— Ton personnage me déplaît également. Il ment. Par conséquent, il te fait mentir. Je n'admets pas que l'homme puisse se défaire de son moi comme d'un lien ou d'un souvenir ; il colle à lui et lui appartient, et n'appartient qu'à lui ; il est lui. On n'échange pas son moi contre un autre, plus fin, plus vrai. Ton personnage peut le tuer en se faisant tuer, et encore il n'y arrivera pas si aisément ; mais il ne peut certainement pas le semer en cours de route. Le moi se compare à la mort. Ton bonhomme peut vivre et même mourir pour toi, mais non à ta place.

Pourquoi m'étais-je emporté ? Katriel avait suscité en moi une animosité que, sur le moment, je ne pus justifier ni éclaircir. N'était-il pas venu à ma défense ? Ne lui avais-je pas trouvé les qualités humaines que d'ordinaire j'apprécie chez autrui ? N'avais-je pas pressenti en lui un allié ? Etait-ce sa faute si sa parabole avait tiré en moi une sonnette d'alarme ?

— Il se peut que tu aies raison, répondit Katriel d'une voix douce et peinée. Je n'ai pas le droit de parler à sa place, en son nom. Il se peut que son destin soit précisément de vivre un mensonge et de s'y soumettre librement, consciemment, par excès ou par manque d'orgueil. Peut-être ne

demande-t-il pas mieux que de mentir à la mort pour pouvoir
— enfin — mourir. Oui, je crois que nous devrions lui laisser
le dernier mot, puisqu'il est privé du premier.

Il sourit :

— Mais une histoire n'est qu'une histoire, non ? Elle est
faite pour être vécue ou transmise ; le reste, David, n'est pas
de notre domaine.

Il s'attendit à une réfutation, mais l'envie de discuter
m'avait quitté. Considérant le débat clos, Gdalia, arbitre
improvisé, proclama Katriel gagnant.

Quelqu'un écarta les deux pans de toile. Je vis le ciel
s'épaissir, tourner au gris, ramasser les premières ombres. La
chaleur s'atténua. On respirait. Au loin, un sergent vociféra.
Une jeep fila en coup de vent. Deux officiers s'interpellèrent à
distance. Bruits de chaînes qu'on levait, qu'on tirait. Une
voix, tout près, commanda le *black-out*. Ciel et terre fen-
dirent leur écorce pour livrer passage au crépuscule porteur
de présage. Le camp se repliait sur son angoisse, sur ses
secrets. Tout à coup, je me sentis tressaillir. Je ne compris
pourquoi que plus tard, trop tard.

Oppressé, je ne pus m'endormir. Ni bien réfléchir. Début de migraine concentrée dans les yeux qui enflaient démesurément ; je les sentais sur mon visage tout entier. Pour leur échapper, le corps tirait dans toutes les directions à la fois. D'abord je résistai, et cela provoquait des palpitations qui me secouaient bien davantage. Puis je me laissai flotter. A travers la brume, je voyais s'éloigner surprises et incidents des journées précédentes. Images et signes se détachaient de moi, je m'amoindrissais à vue d'œil. Amis et inconnus, mêlés, me désignaient du doigt, grommelant des mots incompréhensibles. A l'hôpital, avant de m'évanouir, il y avait des années de cela, j'avais éprouvé la même sensation d'absence, d'impuissance. Je sombrais. Chute lente, agonisante. A mesure que je sombrais, je sentais le fond se dérober sous moi. A force de vouloir m'accrocher à ce que je fus, je devenais autre. Où étais-je ?

Je me soulevai, me ressaisis. Tout était calme sous la tente. Par la fente, la nuit argentée s'introduisit un bref instant, le temps d'un battement de paupières, se posa sur le front de Katriel et se retira. Je m'allongeai à nouveau. La douleur se fit plus intense, une cravache de feu me harcelait le cerveau. Prendre un calmant, un soporifique ? Faire de la lumière, trouver les médicaments, la gourde d'eau : trop compliqué. Le moindre effort, la moindre initiative prenaient l'allure de vastes entreprises. Mieux valait se laisser engourdir. L'inaction semblait plus commode. Et puis, je savais d'expérience que, passée la première attaque, il était possible de se réfugier à l'intérieur même du mal.

Les poings serrés, j'attendis la première vague et en subis l'assaut. Puis je sentis mon angoisse remonter et me gonfler la poitrine. Au fond de moi-même, je devinais déjà qu'elle ne tenait pas à des faits précis, mais au récit que je venais d'entendre. Elle me paraissait d'origine ancienne, liée à d'autres paysages, à d'autres rencontres. Comment la sonder ? Je me perdais dans ma mémoire. Trop excité, je trébuchais aux premiers pas. Visages, noms, objets : hors du temps, en dérive, ils surgissaient, tournoyaient, disparaissaient pêle-mêle, pour resurgir aussitôt, inchangés mais plus nombreux, de plus en plus nombreux. Baignant dans une clarté lunaire, tous étaient à portée de ma main, de mon regard, mais lequel happer, lequel isoler ? Il y en avait trop, et trop d'oubliés. Aucun épisode, aucune expression ne me retenait assez longtemps pour que j'y décèle une voie, un sens. Rêves avortés, révoltes matées, passions éclatées, éteintes trop tôt, trop tard : ici un fragment d'espoir, là une ébauche de projet, d'aventure. Un malade s'apprête à livrer son secret et meurt sans parler ; une grand-mère, fichu noir sur la tête, caresse distraitement un orphelin invisible. Et au milieu de ces êtres sans consistance, sans devenir, en pleine fantasmagorie, une figure paisible, immobile, une femme qui, dans une existence antérieure, avait dû être mienne, qui l'était peut-être encore. Elle me sourit, comme toujours de très loin, comme de l'autre côté d'une rivière : « Tu vas bien ? — Oui, je vais bien. — Qui cherches-tu ? — Toi. — Tu ne devrais pas. — Je sais, dit-elle, je ne devrais pas. Toi non plus, tu ne devrais plus chercher. — Je n'ai pas le choix. Je ne sais rien faire d'autre. » Elle incline sa tête avec grâce, résignée à l'attente. La gorge nouée, je m'en détourne pour suivre d'autres pistes, d'autres pièges enfouis en profondeur, mais demeurés intacts. Une ébauche de vie à Paris, de foi à Williamsburg, d'amitié à Tanger. Une grotte dans la montagne, une cellule de prison : ici je bute sur tel bourreau, là sur telle victime, et je retrouve mes masques sous leurs traits. Et cette angoisse, toujours elle, qui éclate dans mes membres, coule dans mes veines.

Elle me conduit maintenant jusqu'à mon enfance, jusqu'à ma ville natale, jusqu'à la trame secrète, souterraine, où le commencement se confond avec une voix mélancolique, lancinante. Une femme — ma mère — m'interpelle : « Tu as l'air si pâle, tu n'es pas malade, j'espère ? — Non, mère, je me porte bien. — Tu as l'air si préoccupé, tu n'es pas sans amis, j'espère ? — Je les ai perdus, mère. Je les cherche. — Tu as bien fait de revenir ; ils sont ici. — Ce n'est pas tout. Je cherche aussi une histoire. — Tu as bien fait de revenir, fils. Elle est ici. — Ici ? Où est-ce ? — Chez nous. » Seulement, il n'y a plus de chez nous, il n'y a que l'asile avec ses fous et leurs gardiens. Je les fuis, je me précipite chez mon grand-père : aide-moi ! Le vieillard répond : trop tard. Je cours chez mon Maître : trop tard aussi. Celui-ci a oublié ses prières, celui-là ses histoires. Dehors, dans la rue, j'empoigne un mendiant qui m'aimait bien : sauve-moi ! Trop tard, dit-il en riant. Trop tard même pour rire ? Même pour rire. Pris de vertige, j'accoste ainsi tous les êtres qui ont compté dans mon existence et qui à présent chevauchent dans mon esprit vacillant, gagnés par ma fièvre. Pénitents, messagers, prédicateurs itinérants : chacun d'eux m'a alourdi, qui d'une bénédiction, qui d'un silence. L'un d'eux m'avait révélé le destin de ce personnage qui, en se fuyant lui-même, se condamne à piétiner sur place. Et, à la fin, le conteur avait ajouté : un jour, cette histoire te sera contée, et alors... Alors, quoi ?

Je sursautai : était-ce la voix de Katriel ? Je retins mon souffle et tendis l'oreille. Rien. Si Katriel était éveillé, il n'en donnait aucun signe. A l'épier ainsi, je me sentis coupable. Pourtant je ne voyais rien, je n'entendais que le vent, dehors, glissant sur la tente, sous un glacier étoilé.

Je me levai et sortis sur la pointe des pieds. Une clarté de rêve m'enveloppa. Un frisson me parcourut l'échine. Le froid me fit du bien. Que c'est beau, pensai-je. Savez-vous, Malka, que la femme vous ressemblait ? Savez-vous comme c'est beau, comme c'est poignant, la nuit, quand la bête choisit sa proie et se prosterne devant elle avant de la dévorer ? Savez-vous comme c'est déchirant, cette nuit qui coule tel un fleuve vers le désert, tel le sang dans les veines du mourant ? Demain, pensai-je, demain toute cette beauté finira peut-être en boucherie.

Je sentis soudain une présence derrière moi, un regard sur ma nuque.

— Impossible de dormir, fit Katriel.

Je ne savais plus, sur le moment, s'il était vivant ou si lui aussi faisait partie de mon passé.

— Je n'ai pas sommeil, continua-t-il. D'ailleurs, je n'en ai pas besoin.

Mains dans les poches, tête rentrée dans les épaules, il scruta l'horizon, comme si lui aussi cherchait quelque chose, ou quelqu'un, et, ne le trouvant pas, il se contenta d'aspirer l'air frais.

— Tu m'en veux ? Je n'avais pas l'intention de te blesser.

Je ne réagis pas.

— J'aimerais te parler, dit-il au bout d'un silence. On ne sait jamais si l'occasion se représentera à nouveau.

Ne sachant toujours pas si c'était lui que je voyais et entendais, je ne répondis pas. Il y vit une marque d'hostilité.

— Je te demande pardon. Je vais tout de même essayer de dormir.

— Attends. Viens plus près.

Il hésita, mais obéit.

— D'où tiens-tu l'histoire du voyageur ?

— De mon père.

— Je le connais ?

— Je ne crois pas.

— Et ton père ? Serait-ce possible qu'il me connaisse, lui ?

— Cela me paraît peu probable : il est aveugle.

Le mien ne l'était pas, pensai-je en me renfermant à nouveau. Ou plutôt, si. Lui aussi était aveugle. Différemment. Les hommes et le monde n'étaient pas tels qu'il les voyait.

— Cette histoire, dis-je, je l'ai déjà entendue.

— Possible.

Et Katriel d'expliquer :

— Les histoires de mon père ne sont pas inédites, tu sais.

120

Souvent, elles ne font que refléter celles que d'autres hommes sont en train de vivre.

Alors, dans une lueur, j'entrevis la solution de l'énigme. Un mendiant, quelque part dans mon enfance, la paume ouverte et le regard fou, me réclamait du vin et du pain pour Shabat. Je l'invitai à notre table, il refusa : « Les hommes me font peur, leurs histoires me mettent en péril. Sache, petit, que le jour où ta vie te sera contée, tu n'auras plus longtemps à vivre. »

Brusquement, je compris que le voyageur, c'était peut-être moi. J'aurais vécu déguisé en étranger, auprès de femmes qui me prenaient pour un autre. Le vrai moi était demeuré là-bas, au royaume de la nuit, prisonnier des morts. Le vivant que j'étais, que je croyais être, aurait vécu un mensonge ; je n'étais qu'un écho des voix éteintes depuis longtemps. Ombre, loin des ombres, c'est à celles-ci que je me heurtais jour après jour, c'est elles que je dupais, que je trahissais en avançant. Je croyais vivre ma vie, je ne faisais que l'inventer. Je croyais échapper aux fantômes, je ne faisais qu'étendre leur pouvoir. Et maintenant, il était trop tard pour rebrousser chemin.

Je fouettai ma pensée. Il ne fallait pas qu'elle s'arrête. Plus vite, plus loin : qu'elle aille jusqu'au bout. Si c'était moi le voyageur et si son histoire était mienne, cela signifiait quoi ? Je revis le mendiant, j'entendis son avertissement. S'il avait vu juste, alors je me devais de prendre certaines dispositions ; je n'avais plus de temps à perdre.

Pour dominer mon désarroi, je respirai profondément et toussotai. Je laissai mes mains fouiller dans les poches sans savoir ce que je cherchais. Katriel me dévisageait sans mot dire. Lui révéler le message qu'involontairement il venait de me remettre ? Lui avouer qu'à son insu il s'était fait l'instrument de la mort ? Je préférais le ménager.

— J'ignore ce que la guerre nous réserve, lui dis-je. Je t'offre un marché : faisons-la ensemble. Moi, je t'aiderai à vaincre la peur et l'ennemi ; toi, en revanche, tu te souviendras de moi tel que je suis, tel que je serai. Ne cherche pas à comprendre. Tu comprendras après. Et même si tu ne comprends pas, cela ne fait rien. Je te demande seulement de bien me regarder, de bien m'écouter. Tiens-toi à mes côtés. Toujours. Même au combat, au combat surtout. Tâche de graver en ta mémoire chacun de mes gestes, chacune de mes paroles. Tu veux ?

— Mais...

— Ne me pose pas de questions. C'est oui ?

Ahuri, Katriel perdait contenance. Il ouvrit la bouche, la referma. Il finit par bredouiller :

— J'aimerais y réfléchir.

— Le temps presse.

— Qui te l'a dit ? Ton ami Gad ?

— Non, pas lui.

Il tressaillit. Je pensai : que c'est vulnérable, que c'est innocent, le visage d'un homme, la nuit, le visage d'un homme qui devient votre allié, votre héritier ! Savez-vous, Malka, savez-vous comme c'est pur, comme c'est douloureux, le frémissement d'un homme qui, pressentant son rôle de témoin, entrevoit soudain la mutilation ou la fin d'une vie autre que la sienne ?

— Je me demande ce que mon père dirait de tout cela, fit Katriel sur un ton songeur.

— Il te conseillerait d'accepter.

— Pour quelles raisons ?

— Lui a sans doute conclu un marché semblable.

— Mon père ? Un marché ?

— Parfaitement.

— Avec qui ?

— Peu importe. Disons : avec Dieu.

— Qu'est-ce que l'Eternel vient faire là-dedans ?

— Disons qu'Il aime prendre part à tous les marchés.

— Mais quel serait son intérêt ?

— Disons que Lui aussi a besoin de témoins. Au commencement fut le verbe ; le verbe est l'histoire de l'homme ; et l'homme est l'histoire de Dieu.

Je m'attendis à ce qu'il criât au blasphème ; ce n'en était pas un. Il s'en rendit compte.

— Une question, dit-il d'un ton changé.

— Oui ?

— Qui te dit que tu ne t'en sortiras pas ? Et qui te dit que moi, oui ?

— Notre marché vaut dans les deux sens. Celui qui s'en sort témoignera pour l'autre.

— Mais tu ne sais rien de moi !

— Rien ? Tes questions, ce n'est rien ? Ta manière d'écouter, d'observer, ce n'est rien ? Ta passion du secret, du silence, ce n'est rien ?

— Tu veux dire que ça c'est moi, seulement ça ?

— Ce sont des éléments parmi beaucoup d'autres. Tous ensemble constituent ton moi, exprimé par chacun en particulier. Ce sont des flèches indicatrices, des clefs. Tu me fourniras le reste plus tard.

— Plus tard ? Quand ? Et comment m'y prendrais-je ? Je n'aime pas la parole ! Elle détruit ce qu'elle décrit ! Elle déforme ce qu'elle accentue ! En enrobant la vérité, elle finit par s'y substituer !

— Peut-être y attaches-tu trop d'importance. Dis-toi que la parole aussi a été créée par Dieu. Dis-toi qu'elle possède une existence en soi. Tu la nourris par le silence ? C'est bien. Mais tu risques de la dénaturer par le dédain.

Il secoua la tête à plusieurs reprises, indécis. Il ne fallait plus le presser. Il ne m'avait pas encore donné son assentiment, mais je savais que je l'aurais. Je lui accordai un moment de répit pour lui ôter tout sentiment de contrainte. Puis je lui tendis la main :

— Alors, c'est d'accord ?

Il laissa ma main en l'air.

— Pourquoi m'as-tu choisi, moi ? demanda-t-il.

— Je ne saurais te répondre. Peut-être parce que nous sommes si différents l'un de l'autre. N'as-tu jamais eu envie de sortir de toi-même, d'être ce que tu ne peux pas être ?

— Non. Jamais.

— Moi, si.

— Je ne crois pas que ce soit la seule raison.

— Alors, disons que je préfère donner une histoire à qui sait les conter.

Réponse qui eût dû le dérider, mais il continua à m'opposer un visage tendu et grave. Puis il soupira, comme étonné d'une pensée qui venait de l'effleurer.

— C'est d'accord, dit-il.

Là-dessus, il me serra la main avec une force surprenante.

— Vous a-t-il parlé de moi ? me demanda Malka.

— Très peu.

Il m'avait surtout entretenu de son père, rabbin obscur à Safed, qui n'avait que lui sur terre. De santé frêle, étudiant talmudiste de surcroît, Katriel aurait pu se faire réformer déjà en 1948. Son père s'y opposa. Bien plus : il lui ordonna de se présenter comme volontaire. « Mais père, attends au moins que je sois appelé ! — Notre peuple est en danger, et toi, fils, tu aurais la patience d'attendre ? — Mais qui veillera sur toi ? — Notre peuple renaît des cendres, et toi, c'est à cause de moi que tu te fais du souci ? » Le rabbin le fit asseoir devant lui et sa voix se fit douce, brûlante : « Ne sais-tu donc pas que, par ton intermédiaire, moi aussi je participerai à l'œuvre prémessianique du renouveau ? — Mais père, mes études, mes dévotions à la Torah et à Dieu, qu'en fais-tu ? — Tu y reviendras après. — Quand ? — Après. — Et si je meurs ? — Dieu protège ceux qui sanctifient son nom. — Et si je meurs, père ? » Le rabbin avança la tête, comme pour toiser son fils qu'il ne pouvait voir : « Tu as peur ? — Oui, père. — Peur de souffrir, peur de mourir ? — Oui, père, j'ai peur. » Le rabbin soupira et plissa son front haut et dégagé : « Tu as encore beaucoup à apprendre, mon fils. C'est d'infliger le mal, de donner la mort, que tu devrais avoir peur. Mourir pour Dieu et ses commandements n'est rien : nos ancêtres, les saints et les martyrs, l'ont fait. Mais tuer pour Dieu, verser du sang en son nom, cela est grave et cela nous est étranger, cela va contre notre tradition, contre notre nature : c'est cela qui devrait t'effrayer. »

— Et il n'a rien dit de moi ? demanda Malka.

— Je vous l'ai dit : très peu. Votre rencontre à l'armée. Vous ne lui avez jamais dit que vous l'aimiez. Il ne vous en tenait pas rigueur. Il comprenait et vous donnait raison : à quoi bon dire je t'aime quand on aime ? Chaque geste, chaque battement l'affirment. Quand on aime, on le dit simplement, naturellement, par sa manière de marcher, de se lever, de se tenir à table, de baisser les yeux devant l'être qu'on découvre à chaque instant, et qu'à chaque instant on désire davantage. Est-ce vrai, Malka ?

— C'est vrai.

— Il m'a également raconté la mort de Sacha. Il l'aimait beaucoup, mais il vous aimait davantage. Vous le saviez ?

— Non, je ne le savais pas.

— Il vous croyait plus fragile que Sacha. Plus menacée. Il me disait : plus que mon fils, ma femme avait besoin de moi. Et moi d'elle. Vous le saviez ?

— Non, je ne le savais pas.

— Vous chantiez, vous vous amusiez ensemble. Le soir, ou en fin de semaine, il lui arrivait de vous enlacer en disant : nous avons un fils, il est beau, il est heureux, nous avons le droit de manifester notre joie. Plus tard, après l'accident, il vous prenait avec passion en songeant : nous avons eu un fils, il est mort, nous n'avons pas le droit de pleurer ; sombrer dans la tristesse serait reconnaître notre défaite. Il avait besoin de vous savoir heureuse. Même après. Surtout après. De vous, de votre réaction à ses tentatives, dépendait sa foi en l'avenir et en lui-même. Vous le saviez, n'est-ce pas ?

— Non, je ne le savais pas, soupire Malka.

A l'autre bout de la grand-place obscure, devant des bougies tremblotantes, les voix psalmodiantes de quelques fidèles sonnent affaiblies, tantôt comme un chant d'aveugles, tantôt comme le chuchotement apeuré d'un voyageur égaré en pleine forêt.

— J'ai froid, dit Malka.

J'ôte ma veste et la mets sur ses épaules. Involontairement, mes doigts frôlent sa nuque et s'y attardent : je ne peux plus les retirer. C'est là leur place depuis toujours, depuis l'éveil de l'homme au désir premier. Soudain, j'ai envie de toucher cette femme comme Katriel l'a touchée, puis de lui parler comme Katriel lui a parlé. Sous mes doigts, je sens son corps répondre au mien. Que s'efface ce qui nous sépare : soyons un et ne pensons à rien.

— J'ai froid, répète Malka en frissonnant.

Je tremble aussi, et pourtant je n'ai pas froid, moi. Au contraire, je brûle. J'étouffe. Et Katriel ? Je ne sais plus si Malka est sa femme ou la mienne, je ne sais même plus si David n'est pas Katriel.

— Marchons, dis-je avec un sursaut de lucidité.

Malka acquiesce en secouant la tête. Je l'aide à se lever. Velvel, envieux et repoussant, émet un petit ricanement complice. Zadok me juge en baissant les paupières. Shlomo, ami compréhensif, me souffle entre ses dents :

— Vas-y, frère ; la nuit est longue, quelqu'un t'attend peut-être.

Les fous se tordent de rire, les mendiants me lancent encouragements et conseils. Le jeune pilote, cou tendu et yeux écarquillés, s'étrangle de stupeur. Moi, la colère me gagne : pour qui me prennent-ils ? quelles intentions m'attribuent-ils ? S'imaginent-ils vraiment que...

Nous faisons le tour de la place. Malka s'empare de ma main et sa chaleur pénètre en moi. En bas du Mur, dans un coin reculé, nous nous asseyons à même le sol. Et dire que cela aurait pu ne pas m'arriver. Et dire que cela aurait pu arriver à un autre que moi.

— Parle-moi, implore Malka.

Elle m'a tutoyé ! Cela doit signifier quelque chose, mais je préfère ne pas y penser, ne pas me laisser entraîner.

— Vous parler ? De qui ?

— De n'importe qui.

— De Katriel ?

— De n'importe qui. De lui, de toi. De nous. De qui tu veux.

— Comment vous parler de lui ? Il est parti trop tôt, trop vite. Avant moi. La mort a tué son messager.

— Ne parle pas de la mort. Cherche autre chose. Parle-moi de toi-même.

— Qu'aimeriez-vous savoir ? Que la mort m'a encore joué un de ses tours ?

— Ne parle pas de la mort, dit-elle en se crispant.

Je pense à Sacha, à Katriel, à Gad. Vivant, Sacha aurait atteint maintenant l'âge ingrat, l'âge de la révolte ; il aurait remis en question systèmes et valeurs, renversé l'ordre établi. Et un jour, il se serait tourné vers son père pour lui demander : de quel droit m'as-tu mis au monde, dis ?

— Tes pensées m'effraient, dit Malka. Elles t'éloignent de moi, de nous.

Au cours des années, d'autres femmes m'avaient supplié de la même manière de parler ou de ne pas parler de certaines expériences passées, d'y penser ou de n'y plus penser. Seul le présent et l'avenir les intéressaient : projets de voyage, d'amour, de vie commune, vœux de fidélité, promesses de défier ensemble, toujours ensemble, ce qui s'opposerait à nos chances, à nos possibilités d'être. Nous marchions un bout de chemin côte à côte, je me retrouvais seul.

— Regardez, Malka, dis-je en me secouant. La montagne bouge. Elle grimpe au ciel. Regardez la montagne qui monte au ciel. Vous la voyez ? Elle s'y incruste.

— Je ne vois pas de ciel.

— Et la montagne ?

— Je la vois.

— Décrivez-moi ce que vous voyez.

— Une tête d'homme. Sombre, lourde. Interdiction de l'approcher, de la toucher. Elle emprisonne celui qui l'aborde, celui qui tente de l'aimer. Le ciel l'aime.

Transi de fièvre, la poitrine nouée, je me demande à qui elle pense : à moi ou à Katriel ? Peut-être à Sacha.

Les paupières mi-closes, elle se blottit contre moi et m'offre son visage, ses lèvres tremblantes, elle m'offre son désir. Comment ose-t-elle ? C'est à devenir fou. N'aurais-je donc fait ce long chemin que pour tomber dans ce piège-là ? Je serre les dents, tends les muscles ; il faut résister, me maîtriser coûte

128

que coûte. David le doit à Katriel et aussi à Malka qui n'est pas seulement Malka. Katriel, c'est tous les compagnons que je ne reverrai plus. Malka, c'est toutes les femmes que j'avais désirées, aimées et redoutées. Et moi, qui suis-je ? A force de galoper d'un labyrinthe à l'autre, à force de provoquer la mort pour me diriger par rapport à elle, je ne saisis plus le sens de ma fuite et de mon renoncement.

— Reviens, dit Malka faiblement.

Est-ce Malka qui me supplie de revenir ? Revenir d'où ? Pour accomplir quoi ? Pour s'aimer ? Ici ? Maintenant ? C'est à mourir de rire : drôle d'heure pour s'aimer, drôle d'endroit pour se répudier. Mais n'est-ce pas vrai de toutes les heures, de tous les endroits, de toutes les situations ? Existe-t-il un amour pur de toute trahison ? Aimer, n'est-ce pas s'exclure du monde des vivants et des morts ? Mais dire non à l'amour, n'est-ce pas se rendre coupable du même reniement ? Voilà le piège : le pour et le contre se valent. Tu m'écoutes, Katriel ? M'entendez-vous, Malka ? Et vous, hommes et femmes qui les jugez, comprenez-vous déjà que l'amour n'est pas une solution ? Et qu'il n'existe pas de solution en dehors de l'amour ?

Car, sachez-le, cette femme qui n'est pas mienne, je pourrais l'aimer, l'aimer vraiment, unir mon souffle au sien, mon attente à la sienne ; qui sait, je pourrais même la sauver, lui montrer une voie, une étincelle qui rendraient son amour moins absurde et moins inhumain. Une parole, un geste suffiraient. Elle consentirait, je le sens. Elle m'en serait reconnaissante, je le sais. Et Katriel ? Nous saurons le refouler, l'oublier. Sauf que lui ne nous oubliera pas. Tant pis, je parlerai. Je murmure :

— Malka, cette nuit n'est pas à nous, mais je l'appelle et la souhaite noire et infinie ; je n'ai rien d'autre que cette nuit, qu'elle soit donc offrande, j'y tiens.

Et elle répond :

— Qu'es-tu pour moi ? Une manière de me souvenir, d'attendre que l'absence s'efface pour qu'apparaissent le buisson et la flamme ? Non. Un nom changeant qui recouvrirait un visage éternellement ouvert et immuable ? Non plus. C'est beaucoup plus simple, plus concret : tu es ce que, à chaque instant, je désire posséder pour pouvoir me passer de la parole autant que du souvenir. Tu es le moment d'être grâce auquel je suis ce que je suis : une femme qui croit en l'amour puisqu'elle aime, et qui croit en la liberté puisqu'elle s'offre à toi.

Tout en parlant, nos mains tâtonnantes, nerveuses, comme celles d'enfants craintifs, se cherchent, se nouent, s'épousent. J'ai envie de rire, de hurler, j'ai peur de desserrer les lèvres. J'ai peur de Katriel, j'ai peur de moi. Il y a en moi une telle soif d'amour, de pardon, elle pèse sur ma poitrine et m'écrase. Je délire : je suis le voyageur errant et hagard qui regarde les hommes sans rien leur prendre, l'enfant qui refuse de naître, et Malka est la princesse moribonde qui refuse de mourir. Ensemble nous courons, nous courons après le nomade halluciné qui, la bouche en sang, fuit la source, la sienne et la nôtre, et se livre au désert nu et hanté par les dieux. Tout en courant, nous lui crions de revenir : tu es trop jeune pour vivre et mourir loin des hommes. Il ne nous entend pas. Alors, je dis à la femme de s'accrocher à moi, de me retenir, de me recouvrir de son amour. Je lui parle : dans le monde au-delà des mondes, des hommes vacillent, suffoquent et rejettent l'amour au-delà de l'amour, le bien au-delà du bien. Le soleil les aveugle, la nuit les rend muets. A bout, désespérant de la parole, ils se veulent fous, ils se veulent mendiants, ils se veulent morts, absents, saints : ils ne veulent plus rien, rien que le clin d'œil amical d'un être apaisé, le silence, la blancheur d'une main, la lueur d'une lampe au loin, en pays hospitalier. Ils sont seuls et ils détestent la solitude, cette solitude-là, faite de contrainte, de remords. La solitude qui les réclame, qui les fascine, est celle qui suscite en eux un amour réel et écorché, un désir d'épanouissement, un élan très ample, un envol vers autrui. Mais nous, Malka, pourquoi courons-nous, vers quel amour, vers quelle solitude courons-nous ?

Il fait froid, je grelotte, mais je ne pense pas au froid, seulement à la nuit et à ce qu'elle recèle. Je ne pense plus à Katriel, mais à la femme qui nous unit et nous sépare. La guerre est finie et je suis vivant, prêt à faire la paix et à aimer. Chaque membre de mon corps endolori est prêt à faire la paix et à aimer doucement, sans se perdre dans des gestes précipités et inutiles. Je devrais en rire, je n'ai plus envie. J'ai envie de plonger dans les flammes pour me protéger des bruits de la terre, des ombres là-bas, derrière mon dos. J'ai envie de me lever, de contempler le ciel et l'incendier, pour de bon. Malka, dis-je, allons danser. Allons changer l'ordre de la nuit et son désordre aussi. Dansons à la lumière des étoiles, faisons-les danser. Oui-oui, dit-elle, dansons jusqu'aux étoiles, nous y serons en sécurité, tu ne me résisteras plus, tu ne t'évaderas plus. Je la prends par la taille et les montagnes s'inclinent devant nous. La lune, sournoise, se dissimule derrière un nuage ouaté. Les psalmodiants la voient-ils, nous voient-ils ? Aucune importance. Certes, drôle d'heure pour danser, drôle d'endroit pour entrer dans la danse. Nous n'y pouvons rien, n'est-ce pas, Malka ? Une force irrésistible s'est emparée de nos corps et les emporte dans un tourbillon, et tout tourne autour de nous, avec nous. Le ciel au-dessus de la ville, la ville elle-même, et les hommes qui rêvent en elle : tous se joignent à la ronde. Nous dansons les dents serrées, Malka les yeux clos, moi les yeux ouverts, et je me laisse imprégner par la nuit et les étoiles et les montagnes et les pierres en dessous et au-dessus, je contemple tout avec cette tendresse, cette tristesse que l'on donne à ce qu'on aime et qu'on va perdre.

Tout à coup, je m'aperçois que le ciel est couvert, non d'étoiles, mais de bougies qu'on allume pour les morts. Alors, je m'écrie : ne regarde pas, Malka, ne regarde pas les étoiles, ce sont les yeux de la mort, les yeux des morts que la mort a volés aux vivants, les yeux de Katriel peut-être. Elle enfouit sa tête dans le creux de mon épaule, elle la redresse aussitôt et répond : je ne vois pas le ciel, je ne vois que tes yeux. A mon tour, je regarde les siens et un cri d'effroi se presse sur mes lèvres. Les yeux de Malka ne sont pas ceux de ma mère ; ils sont ceux d'Ileana, la femme qui, en se sacrifiant, m'avait sauvé la vie.

Du coup, je sens un essor se briser en moi. Je n'ai plus envie de danser, de rester seul avec Malka. C'est Ileana que je serre dans mes bras, son corps que je protège. Qu'est-elle venue chercher ici ?

Essoufflés, nous regagnons notre tronc d'arbre au milieu des fous et des mendiants qui, naturellement, nous accueillent avec des rires et des reproches étouffés. Peu m'importe ce qu'ils peuvent penser. Ileana est hors de leur atteinte. Elle fait partie de mes souvenirs défendus, immaculés. Le dernier survivant vous interdit d'y toucher.

Malka a raison. Revenons au présent. Un factionnaire surgit, brandit sa torche électrique, nous reconnaît et s'en va, continuant sa ronde. Il n'a rien dit, tant mieux. Son sourire indulgent, je m'en serais passé aussi. Du côté du Mur, le vent nous apporte des bribes de prière, comme une consolation.

— Le pire, dis-je à la jeune femme haletante qui refuse de lâcher ma main moite, le pire c'est d'avoir les yeux morts tout en restant vivant.

— Parions que non, suggère Velvel.

— Tu recommences ? le réprimande Zadok.

— C'est tout de même surprenant, dit Shlomo.

— Qu'est-ce qui est surprenant ? demandé-je.

— Que tu saches ce que je sais, moi.

— Explique-moi ce qu'il veut dire ! s'exclame le lieutenant. De quoi parle-t-il ? De quoi parles-tu ?

— Vas-y, ordonne l'aveugle. Nous avons le droit de savoir.

— J'ai connu une femme, dis-je, je l'ai aimée et l'ai vue mourir.

— Une femme ? s'écrie Velvel. Elle était jeune ? Et belle ? Elle était juive, au moins ?

— Elle était moins jeune que moi. Et elle n'était pas juive.

Velvel émet un grognement désabusé. Il est déçu, il a tort. Mon amour pour Ileana était autre chose que de l'amour. Je revenais de trop loin, couvert de trop de blessures, pour voir en elle une femme comme les autres. Non, elle n'était pas juive ; ses yeux l'étaient. Et ils m'ont poursuivi jusqu'ici. J'y puiserai une histoire d'où Katriel est exclu. Malka le sait, elle se couvre la bouche et ses dents claquent de froid.

Ce n'est rien, pensa Ileana. Ce n'est que le vent qui bat contre les vitres ; il veut entrer et ne le peut pas, alors il se venge et m'empêche de dormir.

Des petits coups, des grattements sourds. Des souris se pourchassant sur le verre sonore. Ileana rouvrit les yeux et retint le souffle. Plus de doute possible : on frappait à la fenêtre. La police ? Elle aurait déjà enfoncé la porte. Un émissaire, un agent de liaison ? Envoyé par qui ? Bon, elle allait voir.

Doucement, pour ne pas réveiller le dormeur, elle glissa en bas du lit, s'approcha des rideaux et crut entendre l'haleine de quelque chose d'aussi vaste que la mer. D'un geste prudent, elle ménagea une fente étroite dans les volets ; elle recula vivement. Devant sa maison, une véritable marée humaine. Et les grattements continuaient sans trêve.

Ileana fut sur le point d'avertir le dormeur. Non : inutile de l'effrayer. Les gens, dehors, ignoraient sa présence. Que pouvaient-ils vouloir ? Bon, elle les affronterait et serait fixée. Et quoi qu'il arrive, elle se débrouillerait seule.

Elle agrandit la fente. Ceux du dehors l'aperçurent, les bruits cessèrent aussitôt. Au premier rang, des hommes se mirent à gesticuler, l'invitant à sortir. D'un mouvement de tête hautain, elle leur signifia son accord.

Elle s'attarda un moment pour trouver et enfiler sa robe de chambre, avança en tâtonnant jusqu'à la porte, l'ouvrit et la referma à clef. Les gens la virent et laissèrent échapper un murmure d'ébahissement : elle était belle ainsi, la jeune femme du château, sauvage, tendue de colère froide, prête à frapper, à punir. Un homme large d'épaules se détacha de la foule. Ileana leva son bras :

— Halte-là ! Qui es-tu ?

Frappé par cette voix rauque, impérieuse, l'homme se figea. Clouées au sol, ses jambes obéissaient non pas à sa volonté, mais à celle de la femme qui usait de la parole comme d'un fouet.

— Tu ne me reconnais pas ? Anton. Le contremaître.

— Que veux-tu ?

— Discuter d'une affaire.

— Vous êtes fous ? A cette heure ?

— C'est urgent.

— Urgent pour qui ?

— Pour nous. Pour toi.

— De quoi s'agit-il ?

— Je te l'ai dit. D'une affaire très importante. Qui nous concerne tous.

— Soit. Approche.

Elle connaissait Anton. Il avait travaillé pour sa famille, jadis, avant la guerre. Bagarreur, crâneur, bête, coureur, sournois.

— Parle, dit Ileana.

— Je suis venu en ami.

— Je n'en doute pas. Seul un ami oserait me déranger si tard dans la nuit. Je vois que tu as ameuté le village entier. Je ne savais pas que je possédais tant d'amis.

— Tous ne veulent que ton bien.

— Merci. Et maintenant, mon petit bonhomme, j'attends une explication. Je la veux claire, convaincante et surtout brève.

Anton tripota un mouchoir invisible et se racla la gorge :

— C'est au sujet de ton invité. Il habite chez toi, nous sommes au courant.

— Je reçois qui je veux. Serais-tu jaloux, par hasard ?

Anton avala sa salive :

— Tu as tort de rire. C'est grave. Nous sommes au courant, tè dis-je.

Pour la première fois, Ileana sentit que la bataille serait dure. Le ton du contremaître ne lui plaisait pas. D'instinct, elle devina en lui l'ennemi. Bon, elle le vaincrait. La conscience du danger la rendit plus belle. L'espace d'un éclair, elle se demanda si elle ne devait tout de même pas s'arranger pour alerter le dormeur. Non : ceci était une affaire entre les villageois et elle-même. Elle se félicita néanmoins d'avoir eu la présence d'esprit de fermer la porte à clef.

— Très bien, dit-elle. Allons dans le grenier. Tu n'es pas content ? Tant pis. Je reçois mes invités où je veux. Toi, ce sera le grenier. Pas le salon.

— Nous te suivons, dit le contremaître.

Ileana traversa le jardin sans se retourner. Les gens, elle les entendit traîner leurs savates trébucher sur les cailloux en jurant. Anton bougonna : quelle femme ! Ce ne sera pas facile, ah non, pas facile du tout !

— Quelle heure est-il ?

— Deux heures.

— Vous ferez vite, je l'exige. Je veux dormir, moi.

— Nous aussi, Ileana, nous aussi.

Elle s'arrêta devant un bâtiment rectangulaire, exhalant une odeur de foin et d'engrais.

— Une allumette, dit Ileana. Et attendez que je fasse la lumière.

Anton s'exécuta. Ce sera dur, pensa-t-il. Ce sera dur de la faire fléchir. Il cracha par terre. Quelle femme ! Mille cavaliers ne lui feraient pas peur.

Ileana s'orienta dans l'obscurité familière du grenier. Elle frotta une allumette sans trembler. Suspendue au plafond de bois, dans un enchevêtrement de toiles d'araignée, la lampe à pétrole répandait une lumière jaune, sale.

— Entrez et fermez la porte, ordonna Ileana.

Maussades, gênés par la lumière, les paupières clignotantes, les villageois s'entassèrent dans le grenier, laissant un espace vide entre eux et la propriétaire du lieu qui, sous la lampe, surveillait leur installation. Anton sortit une cigarette, mais fut rabroué sur-le-champ :

135

— Je ne permets pas qu'on fume ici.

Le contremaître obéit et eut, à l'adresse de l'assemblée, un geste découragé : nous avons affaire à une tigresse, pas à une femme. Ileana réprima un sourire : si je continue ainsi, tout ira bien.

Souveraine de ses airs, de ses mouvements, elle étudia les gens qui lui faisaient face. Elle les connaissait tous. Hommes au visage hâlé, râpé par le soleil ; femmes au menton dur, méfiant. Pères de famille, garçons à marier, laboureurs en salopettes décolorées, palefreniers au regard mauvais et rancunier.

— Bonsoir, dit-elle. Je vous remercie d'être venus.

Elle éleva la voix :

— Que me vaut le plaisir de cette visite ? Parlez !

Le contremaître, tel l'écolier appelé au tableau, avança d'un pas :

— Je te l'ai dit. C'est au sujet de... de ton invité.

— Oui ?

— Il est juif.

— Et après ? fit-elle, cinglante. C'est son affaire, peut-être aussi la mienne, mais sûrement pas la vôtre.

— Tu te trompes. Il est juif, donc cela nous regarde. Tu nous mets en danger.

— Vous ne risquez rien, vous.

— Tu veux dire moins que toi. Mais les représailles, on sait où elles commencent, on ne sait pas où elles finissent.

Ce n'est rien, pensa Ileana. Je m'en sortirai. Je le sauverai. Elle se sentit pâlir. Heureusement, dans la lumière jaune, cela ne se remarquait pas.

— J'en prends toute la responsabilité sur moi, riposta-t-elle.

— C'est vite dit. Encore faut-il que les Allemands soient d'accord.

Autre chose, pensa Ileana. Je dois trouver autre chose. Vite. Agitées, désordonnées, d'innombrables idées se bousculaient dans sa tête.

— Soit, déclara-t-elle. Vous avez droit à une explication. Oui, un Juif habite dans ma maison. Savez-vous qui c'est ?

Non, bien sûr. Moi-même, je l'ignore. Un personnage de son importance n'a pas l'habitude de révéler son identité. Ceux qui me l'ont envoyé ne le connaissent pas davantage.

— Cela n'a rien à voir...

— Si, Anton. Beaucoup. N'avez-vous pas remarqué, vous tous, que dernièrement des choses étranges se passent dans nos parages ? Avant, c'était calme. Maintenant, des soldats tombent dans des embuscades, des trains déraillent, des installations militaires sautent : toutes ces opérations portent une signature. Celle du Mouvement. Et le visiteur — mon invité — en est un des dirigeants.

C'était faux. Le Juif, trop jeune, trop faible, n'appartenait à aucun mouvement. Elle l'avait trouvé dans la forêt, blessé, gisant dans le sang, à moitié mort. Elle l'avait ramené chez elle et le soignait sans lui poser de questions.

— Vous n'êtes qu'une bande d'imbéciles, d'abrutis, poursuivit-elle en s'énervant. Vous n'avez pas encore compris ? Il est venu chez moi sur ordre du Mouvement, et sur ordre du Mouvement je l'ai hébergé ! Votre bêtise vous rend méchants, votre lâcheté me dégoûte...

Elle haranguait son public avec feu, avec colère, faisant appel à la raison, au patriotisme ; elle battait des mains, tapait du pied, brandissait les poings, ses yeux lançaient des éclairs noirs en évoquant les buts et les moyens du Mouvement aussi clandestin que prestigieux :

— C'est pour vous que nous nous battons ! Pour vous libérer et vous rendre votre dignité de citoyens ! Au lieu de nous aider, vous nous mouchardez à présent ? C'est ignoble ; vous me faites honte !

On l'écoutait sans oser l'interrompre. Ileana décrivait maintenant l'existence dure que menaient les combattants anonymes qui, « loin de leurs foyers, sacrifient leurs nuits et leur vie pour vous faire un cadeau que vous ne méritez point. Eux aussi ont parents, frères, amants ; eux aussi voudraient boire de l'eau fraîche et s'endormir dans les bras d'une femme. Seulement, avant de s'adonner à leurs plaisirs, à leur bonheur, ils s'occupent un peu de votre honneur. »

Par moments, sa voix se faisait douce, amicale, profondément émue, et alors tous l'écoutaient dans un silence respectueux : elle leur narrait une épopée antique, héroïque. Çà et là, quelqu'un approuvait : eh oui, c'est beau, il n'y a rien à dire, ces gars ont du courage, chapeau !

— Voilà, conclut Ileana. Vous savez tout. Rentrez chez vous et laissez le Mouvement faire son devoir.

Personne ne bougea. Ileana pensa : j'ai gagné la partie, mais demain il faudra trouver une nouvelle cachette. Avec ceux-là, c'est à qui ira le plus vite à la police.

— Rentrez chez vous, répéta-t-elle. Et, attention : pas un mot sur cette réunion. Je vous en remercie d'avance. Bonne nuit.

Nul ne se dirigea vers la sortie. A travers la lucarne apparut une tache d'un bleu très dense. L'heure avançait. Pourvu que le dormeur ne se réveille pas, qu'il ne se mette pas à ma recherche, songea Ileana. Une lassitude soudaine s'empara d'elle. La lumière jaune plaquait sur les visages une couleur cadavérique. Pourquoi ne partaient-ils pas ?

— Qu'attendez-vous de plus ? Allez-vous-en, je vous ai tout dit.

Surpris, Anton dressa l'oreille. Trahie par sa voix, la jeune femme lui parut triste, donc vulnérable. C'est le moment ou jamais, se dit-il en se raidissant. Il attaqua :

— Nous voulons ton ami.

Ileana chancela, mais s'efforça de se tenir droite.

— Nous n'avons pas le choix, enchaîna Anton en feignant le chagrin. La police est au courant. Nous avons vingt-quatre heures. Elle l'exige mort ou vif. Mets-toi à notre place.

Ce fut le tournant. De nature dominatrice, Ileana se défendait maladroitement. Elle méprisait la bassesse au point de se refuser à la combattre. Brusquement, elle eut la sensation de sombrer dans une mer sale et jaunâtre. Poursuivie par la meute, ballottée par les flots, elle vit son nouvel ami sur le rivage ; le Juif lui criait des mots qui se perdaient dans la brume.

— Une cigarette, dit-elle.

Anton en sortit deux de sa poche. Vainqueur, il alluma la sienne d'abord.

— Du feu, dit Ileana.

Anton lui donna du feu. Il vivait l'heure la plus excitante de sa vie.

— Je voudrais beaucoup t'aider, dit-il, condescendant. Mais je crains que ce ne soit impossible. La police, tu la connais : on ne joue pas avec. Pas en temps de guerre. Je suis sûr que tu nous comprends.

A mesure qu'il lui faisait la leçon, sa supériorité s'accentuait. Bientôt, il se permit de l'appeler « ma chère Ileana », puis « ma petite Ileana », et enfin « ma pauvre Ileana ».

— Si ce que tu dis est vrai — et nous t'estimons trop pour douter de tes paroles —, si ton invité n'est pas ton ami, tu dois nous le livrer. Tes scrupules, quoique honorables, ne doivent pas peser sur ton jugement. Tes devoirs à l'égard de ton village surpassent ceux que tu pourrais t'imposer envers un étranger, un Juif de surcroît. Aimerais-tu voir nos maisons incendiées à cause de lui, à cause de toi ?

Ileana regretta à présent d'avoir fermé la porte à clef. Il faudrait avertir le dormeur. Faire du bruit. Renverser la lampe. Provoquer le tumulte. Mais Anton la surveillait de près, de trop près. Il faudrait le distraire, gagner du temps.

— Et tu crois que le Mouvement n'en sera pas informé ? répliqua-t-elle en maîtrisant son désarroi. Et tu crois qu'il passera l'éponge ? Sais-tu seulement à qui tu as affaire ?

— Ne t'emporte pas, dit Anton d'un ton faussement bienveillant. Admettons que le Mouvement ait à choisir entre un village chrétien et un réfugié juif. Ayons confiance en son jugement.

— Ce n'est pas un réfugié juif ! C'est un combattant ! Un chef ! Sa tête est mise à prix ! Ses exploits sont légendaires !

Anton, l'air malin, exhalait des bouffées de fumée blanchâtre qui tournoyaient autour de la lampe à pétrole. Plus Ileana s'indignait, plus elle serait à sa merci. Il dégustait déjà sa victoire.

— A propos, dit-il avec désinvolture, de quel mouvement parles-tu ?

— Du Mouvement unifié, parbleu ! Dans notre région, il n'en existe pas d'autre !

— Je te pose la question parce que j'ai beaucoup admiré la manière dont tu vantes sa lutte. C'est émouvant, vraiment émouvant. Et sincère. Mais il y a une chose que je ne comprends pas...

Il tira sur sa cigarette avant d'assener son coup de grâce :

— Je ne comprends pas comment tu réussis à en parler si bien, avec tant de conviction, alors que tu n'en fais pas partie. Il se trouve, ma pauvre Ileana, que le chef régional du Mouvement se tient en ce moment même humblement devant toi. Or...

Ileana, blême d'humiliation, serra les lèvres. Un mot, un seul, montait en elle, un mot qui, tel le crachat d'un monstre, gonflait démesurément, lui ravageant la gorge, la poitrine, lui donnant envie de vomir plus que de pleurer :

— Salaud ! siffla-t-elle entre ses dents.

Comme s'il eût reçu un compliment, le contremaître s'inclina poliment. Ileana le quitta et alla se mêler à la foule. Déférents, les gens lui livraient passage. Elle s'arrêta devant un vieillard nommé Mikolaicik :

— Tu me connais, tu connaissais mon père. Tu n'as rien à dire ?

— Je suis vieux, Ileana. Pour moi, chaque jour est un cadeau.

— A quel prix le paies-tu ?

— A mon âge, on ne regarde plus le prix.

— Tu n'as rien d'autre à me dire ?

— A mon âge, Ileana, on n'a plus beaucoup à dire.

— Cherche ! Cherche bien ! Il y va de la vie d'un homme, je dirais même de la vie d'un homme innocent et innocemment persécuté, mais cela n'a rien à voir. Si tu te tais, ton silence l'envoie à une mort certaine. Si tu parles, il vivra peut-être. Que dis-tu ?

— A mon âge, Ileana, on ne joue plus au juge.

Devant son regard accusateur, mal à l'aise dans sa peau, Mikolaicik se mit à pleurnicher :

— Que veux-tu de moi ? Que t'ai-je fait ? Qui suis-je, moi ?

Ni juge ni assassin. Ce n'est pas moi qui décide, ce n'était pas mon idée. Mais je ne vais tout de même pas m'opposer au village entier, non ? Et puis, ce Juif, qu'est-il pour toi ? Tu l'aimes ? Non. Tu lui dois quelque chose ? Non plus. C'est un étranger, un fuyard : oublie-le ! Oublie-le, Ileana ! Pour ton bien, pour le nôtre aussi, oublie-le !

A bout d'argument, sans voix, elle ne put que le regarder fixement et finit par ne plus le voir. Elle se revit petite fille et éprouva pour celle-ci une pitié sans nom et sans tendresse. La petite fille joue au piano, et c'est le Juif, son professeur, qui lui dit : doucement, plus doucement, attention au rythme, ne courez pas, ne courez pas. « Tu l'aimes ? » Non, elle ne l'aimait pas. C'était autre chose. Est-ce qu'il l'aimait, lui ? Non plus. Il était trop jeune, trop écorché, pour aimer. Ils ne s'étaient jamais touchés. Mais en face de lui, elle se sentait pure, généreuse. Parfois, en veillant sur son sommeil agité, il lui arrivait de pleurer. Enfant, elle n'avait jamais pleuré. Il l'avait deviné. Dès les premiers jours, alors qu'il était encore alité, il l'observait à travers ses paupières mi-closes et lui murmurait : « Ne vous en faites pas pour moi. Je ne mourrai pas. Je ne peux pas mourir. » Et une autre fois : « Est-ce à cause de moi que les larmes vous viennent plus facilement qu'avant ? Je crois que je vous aurai appris à pleurer. Pour rien ? Non. Pas pour rien. On ne pleure jamais pour rien. »

— Oublie-le, insista Mikolaicik. A ton âge, et au mien aussi, on oublie vite.

L'oublier ? songea Ileana. Ce serait facile. Elle ne savait rien de son passé, rien de ses désirs secrets. Par délicatesse, elle s'était abstenue de l'interroger. Un jour, il lui avait dit en souriant : « Je sais que vous êtes curieuse. Malheureusement, j'ai peur de vous parler. J'ignore si j'en ai le droit. Me confier à vous serait dangereux. Pour vous plus que pour moi. » Comment oublier ce que l'on ne connaît pas ?

Une voix lui chuchota à l'oreille : va, étends-toi par terre, dis-leur de te piétiner, de te cracher dessus ; ils ne veulent que cela ; ils n'ont rien contre lui, c'est toi qu'ils haïssent, c'est ta fierté qu'ils veulent flétrir, vas-y, dis-leur que tu te soumets, que tu acceptes leur vengeance. La voix se fit impérieuse, mais Ileana ne parvint pas à plier les genoux, pas encore.

Les villageois suivaient chacun de ses gestes, chaque mouvement de son corps. La tête lourde, l'estomac chaviré, elle allait de l'un à l'autre et une force sombre l'attirait vers le bas, vers les entrailles de la terre où meurent les regards et les voix. Mais son corps, habitué à marcher droit, ne voulut pas se courber, pas encore.

Elle faisait le tour de ces gens qu'elle connaissait depuis qu'elle avait ouvert les yeux sur le monde. Aux uns elle adressait une requête, aux autres une flatterie, une menace. Tous la repoussèrent.

A travers la lucarne, le bleu perdait de sa densité, de son épaisseur. Le premier moment de l'aube naissante. Ileana se souvint de ses veillées au chevet du malade. « Regardez, lui disait-il après une nuit blanche. C'est le moment le plus pur ; les gens dorment quand il survient ; de là tient-il sa pureté, et aussi sa puissance. » Plus tard, convalescent, il la réveillait et la tirait vers la fenêtre. Elle n'avait jamais éprouvé un tel sentiment de paix.

— Tu sembles beaucoup tenir à ton Juif, dit Anton à voix basse. J'ai une idée. Tu te donnes à moi, et en échange...

— Salaud ! dit-elle avec un reste d'énergie.

— ...et en échange, je te promets de voir ce que je peux faire.

Il partit d'un rire suffisant, gras :

— Eh bien, qu'en dis-tu ?

Il jeta sa cigarette, l'écrasa du talon, s'essuya la bouche comme après un repas savoureux ou un verre de vin très fort. Puis il dévisagea la jeune femme sous un jour nouveau ; il la jaugea, la palpa du regard, avant de s'adresser aux villageois.

— Mlle Ileana vient de me faire une proposition fort intéressante, dit-il en se grattant les cheveux, pour feindre l'embarras. Il est de mon devoir de vous en informer.

Je vais m'effondrer, pensa Ileana. Je n'aurais pas dû fermer la porte à clef. J'aurais dû prévoir, deviner. La tête lui tournait, sa poitrine éclatait. Et cette lumière jaune, sale, encombrante. Et cette main immense et froide qui s'emparait de sa gorge et serrait, serrait.

La déclaration d'Anton suscita un brouhaha général. Ricanements, injures, obscénités. Les femmes se tordaient de rire, et Anton, pour leur plaire, posa au coquet : devant un miroir invisible, il se repeigna, arrangea sa ceinture et reboutonna sa chemise.

— Voilà donc une proposition qui viserait à nous dédommager, expliqua le contremaître. A vous de décider. Quant à moi, je serais enclin à l'accepter. Mon épouse m'en voudra, mais que ne ferais-je pour sauver un Juif ?

Les hommes lui tapaient dans le dos en s'esclaffant :

— Vas-y, plains-toi !

— Veux-tu qu'on te remplace ?

— Au fond, reprit le contremaître, je ne devrais pas songer qu'à mon seul plaisir. Je ne suis pas égoïste. Que d'autres profitent de l'offre ! Nous pourrions demander à notre belle et magnifique bienfaitrice de se montrer plus charitable, non ?

Enfin, le corps de la jeune femme céda et s'écroula en pivotant sur lui-même. Elle perdit connaissance. Le pharmacien, présent, la ranima. Dans la foule, on l'encouragea à bien l'ausculter :

— Ne te gêne pas !

— Ouvre-lui sa robe !

— Qu'on voie ce qu'elle a à nous vendre !

Ileana souleva ses paupières et vit le contremaître qui, penché sur elle, lui demandait avec insistance :

— Où est la clef ?

La jeune femme ne savait pas qu'elle n'avait plus ses yeux d'avant ; ils reflétaient le vide.

— La porte est fermée, dit Anton. Ton Juif bien-aimé est peut-être armé. Sois sage, sois gentille, donne-moi la clef. Nous voulons entrer chez toi en amis.

Ileana retrouva sa lucidité.

— Aide-moi à me relever, ordonna-t-elle au contremaître.

Debout, elle entrevit une dernière chance : j'irai avec eux, j'ouvrirai la porte, je trouverai le moyen de l'avertir, de le sauver.

— Je vous accompagne, dit-elle.

— Tu deviens sage. Bravo !

Devant la porte, en tournant la clef, je pousserai un cri, pensa Ileana en conduisant les villageois à travers le jardin, vers sa maison. Mais son plan échoua. Sa voix la trahit juste au moment où elle allait en avoir besoin.

La chambre, dans la pénombre, semblait paisible, sereine. Rien ne bougeait. Encadrée dans la porte, derrière une rangée de dos, Ileana, muette et pétrifiée, s'avoua vaincue.

La suite se déroula comme dans un cauchemar bien réglé. Sur la pointe des pieds, tels des fantômes exécutant un mouvement de ballet, Anton et trois de ses complices s'approchèrent du lit et entourèrent le corps ramassé qui, sous les couvertures, semblait les attendre. Ensemble, comme pratiquant un rite occulte, ils levèrent les bras au-dessus des épaules et les baissèrent lentement, très lentement, puis, sur un signal du contremaître, plongèrent leurs poignards dans leur victime. C'est alors qu'on entendit soudain le rugissement du meneur de jeu :

— Il s'est sauvé ! Il s'est enfui !

La jeune femme, comme dans un rêve, oublia de respirer. Elle vit la fenêtre ouverte. Anton la vit également. Plusieurs hommes se ruèrent dehors pour rattraper le fugitif ; ils revinrent bredouilles.

— Où est-il ? cria Anton. Dis-nous où il est allé !

— Je ne sais pas, je ne sais plus, répondit-elle d'une voix défaillante.

— Tu vas nous payer cela ! Ah oui, tu vas nous le payer !

Ileana le regardait sans le voir, sans même comprendre ce qu'il lui voulait. Elle alla s'allonger sur le lit et sembla surprise de le trouver vide. Ses yeux lui firent mal et elle pensa : ils ne sont pas miens. Puis, en voyant le reflet des poignards dans les regards chargés de haine, elle comprit que le miracle n'était pas imaginaire, que son ami avait la vie sauve. Alors, de sa gorge nouée, jaillit un cri libérateur, lourd de joie, de sacrifice, appelant la folie.

Et le jeu continuait, il continue toujours. Le survivant a surmonté épreuves et dangers. Les maisons en flammes, les routes déchiquetées ne le concernaient pas, lui. Plus d'une fois, autour de lui, le monde s'était écroulé ; lui se relevait indemne, comme après un exercice. Il ne comprenait pas : pourquoi lui et pas tel de ses amis ? Il ne comprend toujours pas. S'il s'agit vraiment d'un jeu, il n'en connaît pas les règles, de même qu'il ne connaît pas son adversaire.

Pourtant, grâce à Katriel, j'avais cru pouvoir en finir. J'en étais même convaincu. La guerre qui s'annonçait, j'étais sûr qu'elle allait rompre les chaînes et mener le jeu à son ultime dénouement.

Je me revois avec Katriel, lors de notre dernier tête-à-tête. Il me raconte son enfance et je la compare à la mienne. Il me parle de ses projets et moi je me tais, je n'en ai aucun. Il dit demain, et je sais que demain je mourrai.

Pourquoi demain et pourquoi dans ce pays ? Parce que j'ai quarante ans et que je suis juif ? Parce que le survivant en a assez de courir après les morts ? Qu'importe. Tu veux demain, ce sera demain, que Ta volonté soit faite, au moins cette fois-ci, amen.

J'essaie d'imaginer l'événement : où serai-je ? Enseveli sous les décombres de quelle fortification ? Abandonné dans quel désert ? Je tourmente mon imagination, je la fouette, mais elle se cabre et impossible de la faire avancer. Si l'avenir existe, elle refuse de m'y insérer. Serai-je défiguré sous les chenilles d'un blindé ? Rien à faire, je ne parviens pas à me voir en cadavre. Bon, patience. D'ailleurs, qui me dit que je tomberai au combat ? Que la guerre éclatera demain ? Je sais seulement que pour moi elle finira demain. Peu importent les circonstances. Au cours des manœuvres, peut-être. Pourquoi pas. Une balle perdue. Une grenade à main lancée une seconde trop tôt ou trop tard. Une mine oubliée, égarée. Rideau. Fin.

Un moustique bourdonne, se pose sur ma joue, je l'écrase. Lui aussi savait peut-être ce qui l'attendait.

Demain, me dis-je, et je m'étonne de mon calme. Un peu froid aux épaules, à l'échine. Pensées ordonnées, limpides. Elles forment un écran que le passé ne percera plus. Je vis le présent dans toute sa plénitude. Impression si forte, changement si subit, que j'éprouve le besoin d'entendre le son de ma voix :

— Katriel...

— Oui ?

— A quoi penses-tu ?

— A la guerre. Elle transforme celui qui la fait. Je me demande en quoi.

— Tu as peur ?

— Oui, j'ai peur.

— Tu tiendras ta promesse ? Tu raconteras ?

— Bien sûr. Toi aussi.

Je ne dis rien.

— Je me demande comment tu t'y prendras pour raconter, ajoute-t-il plus bas.

Il s'attend à une réponse, sauf que je n'ai plus envie de parler. Je désire rester seul.

— Regarde-moi, lui dis-je.

Il lève sur moi un regard lourd et intense.

— Maintenant, laisse-moi.

Pris au dépourvu, il hésite, hoche la tête et hausse les épaules. Puis, peiné plus qu'offensé, il tourne sur ses talons et s'engouffre sous la tente.

A mon tour, je sens la pitié m'envahir. Pitié pour Katriel, pour ses semblables. Pitié pour le monde qui me survivra.

Je m'étire, j'aspire l'air à pleins poumons. La nuit remue dans la partie boisée de la vallée. Je fais quelques pas et m'arrête pour écouter, pour essayer de voir clair. Quelques nuages cristallins, transparents, se pourchassent dans un ciel immense et froid. Lune blanche, fuyante, maculée de bleu, de gris, de jaune. En face, les montagnes de Judée : proches, impénétrables. Au loin, par-delà les orangeraies et les palmeraies odorantes, la ville obscure, tassée sur elle-même, poing refermé sur mille étincelles noires. Tentes déployées à l'infini, le bivouac, tous feux éteints, semble irréel, hébergeant des ombres qui, accroupies et muettes, attendent le jour pour renaître au mouvement, au regard, pour s'envoler vers le soleil et lui crier la joie de vivre, la nécessité de mourir. Halte-là ! Qui va là ? Un roi redevenu berger, un prophète à la recherche de sa vision, de sa voix ? La terre se souviendrait-elle donc des hommes ? Une étoile filante brille et tombe. Ohé, veilleur, où en est la nuit ? Le matin viendra et la guerre aussi, et la mort aussi. Comme toujours. Eh oui, les guerres se suivent et se ressemblent ; et la mort les suit et leur ressemble. Et toutes les larmes, tous les serments d'amour et d'amitié n'empêcheront pas le sang de couler, ni l'aurore d'en porter les couleurs. Et tous les miracles du monde n'empêcheront pas la souffrance et l'injustice d'avoir existé toujours et triomphé souvent. Le voyageur vous le confirmera : il est retourné dans son village et a trouvé sa demeure en ruines. Est-ce la fin de son histoire ? Je n'en sais rien. Pas encore. Je le saurai dans quelques jours, dans quelques heures. Combien d'heures, combien de jours ? Dis, sentinelle, où en est la fin ? Seul, l'ange exterminateur saurait y répondre, et lui se cache derrière Dieu, dont rabbi Mendele de Kotzk disait qu'Il se trouve partout où on le laisse entrer. Impossible de séparer les deux présences, les deux appels d'éternité. Et l'homme ? Dis, veilleur, où en est l'homme ? Le Messie viendra et le silence aussi, et la fin aussi, et le deuil aussi. Ecarte-toi, sauve-toi, son souffle incendie tout sur son passage. Ohé, veilleurs, ouvrez l'œil et soyez prêts !

Je sens à nouveau l'angoisse qui m'étreint : serait-ce vraiment la fin ? Je scrute le noir autour de moi, en moi, à l'affût

147

d'un signe, d'un écho. Tout s'embrouille. Images et indices se décomposent. Le prédicateur, déguisé en mendiant, m'indique un vieillard aveugle : c'est à la fois le père de Katriel, le mien, moi-même. Une femme étouffe un sanglot : c'est vous, Malka, c'est Ileana, c'est ma mère. Du coup, je me trouve projeté dans une ville que je reconnais sans la connaître, perdu au milieu d'une foule excitée qui hurle : attrapez-le, attrapez-le ! Je crie aussi. Un fou m'empoigne et me dit : tu cours un grave danger, donne-moi ton visage. Je le lui donne et m'éveille en sueur, dans un sursaut de fureur qui met un moment à se dissiper.

Alentour, tout paraît calme, d'une douceur à pleurer. Chuchotements étouffés, là-bas, du côté de la baraque du commandement. Bruits de voitures qui stoppent, qui démarrent. Une porte s'ouvre, se ferme. Quelque part, l'on interroge un émissaire, on lui offre à boire, on le renvoie soulagé ou chargé d'inquiétude. Les dés sont-ils jetés, les décisions prises ? Pour qui, pour quand ? Aurons-nous encore, malgré tout, gagné une journée ? Qui est-ce donc le dépositaire de notre temps, de notre liberté ? Quelqu'un sait-il déjà ce que chacun va devoir accomplir, à quel moment, en quel lieu, pour vaincre l'ennemi, quel qu'il soit, pour vaincre tout court et survivre, ou mourir ?

Au loin, la ville dort, ou fait semblant. Katriel se repose, ou fait semblant. Comment fera-t-il pour raconter ? Il se débrouillera. Il dira : j'ai vu mon ami avant sa mort, il faisait semblant de se préparer au départ.

Katriel parlera, il n'oubliera pas notre marché. Bravo, Katriel. Merci, Katriel. J'évoque son visage ; il se dérobe. Tant pis, je l'inventerai, je le redessinerai à partir de rien. Dis, joueur, jusqu'à quand le jeu continuera-t-il ? Ohé, veilleur, où en est la vie, où en est le jeu ? Il est trop tard pour vivre, trop tard pour aimer. Que le diable t'emporte, veilleur, que la nuit t'emporte ! Je ne joue plus. Que la mémoire t'emporte, veilleur ! Il est trop tard pour veiller.

Une image : une autre nuit, ailleurs. Assemblés dans une cour, sous un ciel bleu, apaisant et piqueté de sang, des voisins livides attendent qu'apparaisse mon père, parti aux renseignements. Au bout d'une heure ou deux, il revient, les traits défaits, l'œil trouble. Je ne l'ai jamais vu dans un état pareil. Assailli de questions, l'esprit défaillant, il ne peut que répéter les mêmes mots, toujours : c'est pour demain, c'est pour demain.

Et, sans m'en rendre compte, alors que je m'échappe de la cité mystérieuse où le temps n'existe plus, sauvé de l'oubli mais non de la mort, à mon tour je me mets à murmurer : c'est pour demain, c'est pour demain.

Et la guerre ne commença pas à l'aube suivante, mais trois heures après. Et comme vous tous, compagnons nocturnes, je l'ai vécue dans un état second, allant de surprise en surprise, ne traversant l'horreur que pour aboutir à l'euphorie. Tant que j'étais vivant, il me fallait tout voir, tout retenir. Et moi qui confonds les siècles, je me découvris soudain capable de cerner certains événements tels qu'ils s'étaient déroulés, heure par heure, particulièrement au début, lors de la première phase des engagements. J'étais pris dans le manège.

Il me souvient : nous dévorions notre petit déjeuner dans le vacarme habituel, lorsque nous perçûmes tout à coup le vrombissement des chasseurs à réaction décollant de la base aérienne voisine. Nul ne s'en montra troublé, ni même curieux. On disait : missions de reconnaissance, de surveillance. C'était chose fréquente.

Le repas terminé, je me rendis au P.C. de Gad qui, la main encore sur son téléphone de campagne, ne répondit pas à mon salut. Penché sur ses cartes, il ne les étudiait pas ; il semblait absent. Un sourire bizarre — soulagé, résigné à la fois — flottait dans ses yeux bleus qui paraissaient, pour la dernière fois avant longtemps, accrocher un rêve abstrait, lointain. On aurait dit que, pour la dernière fois avant longtemps, il s'offrait le luxe de songer au destin de l'homme et au sien propre. Cela le rajeunissait. J'avais devant moi le même adolescent que j'avais connu en Europe, heureux et malheureux pour les mêmes raisons qu'avant. Etait-ce la voix de l'intuition ?

— Ça y est, dis-je après un moment. N'est-ce pas ?

— Oui, ça y est.

— Depuis quand ?

— Depuis plus d'une heure. Front sud.

— Quelles nouvelles ?

— Aucune pour l'instant... Mais tout va bien, oui, tout va bien.

Ses officiers, alertés, entrèrent en trombe et se mirent à revoir cartes topographiques et plans logistiques, secteur par secteur, point par point, envisageant hypothèses et obstacles imprévisibles, inimaginables. Les ordres du grand Quartier général étaient clairs, précis : ne prendre aucune initiative, éviter l'ouverture d'un second front. Voir venir. Riposter aux provocations limitées, rien de plus, rien d'autre. Cependant, un changement de programme n'était pas exclu. Tout dépendait des intentions de la partie adverse.

Dans le camp, on ignorait encore que l'apocalypse s'était déjà abattue sur le désert. Sergents et caporaux inspectaient les tentes, les cuisines roulantes, les armes individuelles, ne juraient que par le règlement, énervaient les troupes en s'énervant eux-mêmes pour un rien, on jouait à la guerre à l'ombre de la guerre, sans en entendre les déflagrations, sans pressentir aucunement que, pour certains d'entre nous, il ne restait plus longtemps à vivre, plus longtemps à jouer.

Le ciel, d'un bleu pur et sans fond, s'offrait au soleil incendiaire, vengeur. Les arbres inclinaient leurs cimes, le bruit de la brise s'accordait avec celui de la terre.

La porte du P.C. s'ouvrit et, au pas de course, les officiers rejoignirent leurs unités respectives. L'instant d'après, le camp était méconnaissable. Une heure plus tard, le bataillon était prêt à faire mouvement.

De la vieille cité emmurée, les légionnaires tiraient déjà sur la ville juive de Jérusalem : feu sporadique, confus. Etait-ce le prélude à une offensive véritable ? Une forte concentration d'artillerie lourde ennemie se chargea de répondre. Son tir, quoique mal ajusté, semait la destruction dans les faubourgs. Le second front étant ouvert, Gad réclama le feu vert pour ses chars. Il l'obtint. Ses lieutenants, présents, admiraient sa retenue :

— Alors, je fonce ?

Oui.

— Comme prévu ?

Oui.

— Et la grande prise ?

Non. Pas encore.

— Puisque je vous dis que je peux la décrocher ! J'en ai les moyens !

Un non catégorique mit fin à la transmission.

Gad dissimula son mécontentement en récapitulant les données de la situation. L'effort principal du corps d'armée se traduirait par une poussée éclair vers l'ouest pour atteindre le Jourdain. L'élément décisif de la campagne : la vitesse. S'emparer des villes, encercler les poches de résistance, laisser leur nettoyage pour plus tard. N'entreprendre aucune action qui risquerait de briser l'élan premier. Objectifs assignés à notre bataillon : rétablir les liaisons terrestres avec l'enclave du mont Scopus et occuper les hauteurs dominant la partie jordanienne de Jérusalem : Heure H : 22.00. Pas de questions ?

Si. Il y en avait une. Une seule. Un capitaine barbu, le bras levé, la formula brièvement :

— Et la Vieille Ville ?

— A verrouiller en la contournant.

Bien que personne ne lui fît le moindre reproche, Gad crut nécessaire de s'expliquer, de se justifier :

— Vous êtes déçus, moi aussi. Je n'y peux rien. Ce sont les ordres.

Imperturbable, il promena un regard mi-rêveur, mi-amusé, sur son groupe d'officiers, puis ajouta :

— Qu'à cela ne tienne. Avant que cette guerre ne soit terminée, nous serons dans la Vieille Ville.

Le capitaine cilla et baissa la voix :

— Tu promets ?

— Oui. Et j'espère que, le moment venu, vous tiendrez ma promesse.

Le soir allait tomber — le soir tombe vite dans les environs montagneux de Jérusalem — lorsque Gad, en communication constante avec l'état-major divisionnaire, fut informé que le gouvernement, encouragé par le succès foudroyant de la bataille du désert, était revenu sur sa décision :

— La grande prise est à nous, à toi.

La nouvelle fut accueillie dans le camp par un déchaînement d'applaudissements. Du coup, la guerre changea de caractère, de dimension. On s'y préparait dans l'enthousiasme. On négligea le dîner, on oublia même les lettres qu'en pareille circonstance on rédige à l'intention de sa famille. Commandos de choc et employés de l'intendance, spécialistes du combat rapproché et mécaniciens : tous se portaient volontaires pour l'assaut initial. Tanks, blindés et mitrailleuses ne furent jamais en si parfait état. Dans l'effervescence générale, des camarades s'embrassaient, des inconnus se serraient la main, se souriaient avec fierté.

— Je te prends avec moi, me dit Gad.

— Merci. Mais je ne ferais que te gêner. Je suis bien où je suis.

— Tu es sûr ?

— Sûr.

— Soit. Mais ne te fais pas tuer. Compris ?

Un instant, mon cœur battit violemment, le sang me monta à la tête. Debout dans le bureau de mon ami, tous deux en tenue de combat, j'eus envie de faire quelque chose, de dire quelque chose qui eût marqué la fin de notre aventure, de notre amitié. Mais nous n'étions pas seuls. Débordé, entouré de ses proches collaborateurs, Gad traçait déjà des lignes sur une carte.

— Bonne chance, Gad.

— Sois prudent, répondit-il en me jetant un coup d'œil furtif. Compris ?

— Bonne chance, ami. Et bon courage.

Le cœur lourd, je me dirigeai vers mon unité, à qui Yoav donnait les dernières instructions. Il me demanda si je voulais une arme ; je répondis que non, je ne saurais pas m'en servir.

— Mon père sera content, me dit Katriel. Quoi qu'il arrive, lui sera content.

Je lui trouvai un air moins exalté qu'anxieux.

Peu avant 21 heures, Gad informa la division que son dispositif d'attaque allait être en place incessamment. Couverts par la nuit, deux détachements du génie, instruments en main, rampaient déjà sans bruit à proximité du terrain à déminer, des barbelés à démolir. Sous leur camouflage vert-jaune, les tanks ajustaient leurs canons pour le tir de barrage. Les paras de la première vague, aplatis, occupaient les positions avancées, où ils se confondaient avec le sol et le silence. Ma section, commandée par le lieutenant Arieh, un casse-cou à peine sorti de l'adolescence, faisait partie des renforts. Une maison de trois étages nous servait d'abri. Dans l'immeuble d'en face, sur le toit, se trouvait le P.C. improvisé de Gad. Dans la cave, le service médical était en train d'établir un poste de secours. Une grand-mère nous préparait du café chaud, des sandwiches. Présence insolite au milieu de tous ces hommes casqués, fébriles, elle allait de l'un à l'autre, attentive, sereine :

— Je vous suis tellement reconnaissante d'avoir choisi ma demeure...

— Cet endroit n'est pas sûr, vous devriez descendre, regagner l'abri.

— Je n'ai pas peur. Et puis, qui s'occupera de vous ?

Toute la douceur, toute la douleur d'Israël étaient dans ses yeux qui brillaient dans le noir.

Dans d'autres secteurs, d'autres grand-mères s'occupaient peut-être de ses petits-enfants à elle. Du moins, nous le lui souhaitions.

22 heures.

Dans un rugissement de fin du monde, la nuit brusquement

s'enflamma, embrasant l'horizon par-delà les montagnes et les vallées, pour devenir monstre à mille bouches, crachant le feu et l'horreur et la mort.

Nous avions sauté sur nos jambes sans en attendre l'ordre. Nous nous précipitâmes dehors, dans la rue où se regroupaient les sections de la seconde et de la troisième vague. Le sergent vérifia à toute vitesse si personne ne manquait. Arieh, en communication radio avec Gad, fit signe à Yoav d'approcher.

— On y va, mon lieutenant ?

— Tout de suite, dès que la brèche sera enfoncée.

Le duel d'artillerie gagnait en intensité. Précédant l'infanterie, tanks et canons sans recul pulvérisaient bunkers et batteries ennemis. D'un côté, le fracas fulgurant des obus, de l'autre le silence. Pénétration de l'un dans l'autre. Stupéfait, je captais les deux à la fois. Une pensée : les hommes ne tuent que des hommes ; ils sont impuissants contre le silence. Je me penchai vers Katriel et lui fis part de ma découverte : sais-tu ce que c'est que la guerre ? Un voyage au bout du silence. Katriel, lui, regardait les courbes que les projectiles traçaient dans la nuit noire :

— C'est terrible, dit-il, mais je ne peux pas m'empêcher de trouver ce spectacle très beau.

Après le tir de l'artillerie, les mitrailleuses lourdes se mirent de la partie. Le véritable assaut, humain celui-là, venait de commencer. Dans la ruée sauvage, des corps se levaient, rebondissaient et tombaient, éventrés. Pour atteindre les tranchées ennemies, il fallait franchir cinq lignes de barbelés. Cris de bataille, cris de blessés, ordres hurlés et répétés à l'infini. Chaque cœur était le cœur déchiqueté de la nuit, chaque larme une louange à sa cruauté.

A quel moment avions-nous grimpé dans quel véhicule ? A quel moment celui-ci s'était-il ébranlé dans quelle direction ? Quand l'avions-nous quitté ? Il ne m'en souvient plus. Je me rappelle seulement le vacarme étourdissant qui m'enveloppait ; je n'étais plus qu'un bruit, renié par le silence fuyant.

Cahoté, bousculé, poussé de l'avant, de côté, je me retrouvai dans le no man's land, entraîné par le sergent qui courait et criait comme un forcené, s'arrêtant de temps à autre pour se retourner et relancer les retardataires. Il semblait avoir plus de deux yeux, plus de deux bras : il voyait tous ses hommes, rien de ce qu'ils faisaient ne lui échappait. Il n'avait qu'un mot à la bouche « vite, vite » —, mais celui-ci exprimait tous les sentiments qui dictent les rapports humains. Sans transition aucune, il passait de la colère à la douceur, à l'imploration. Ce qui comptait, c'était de maintenir l'allant, de progresser le plus loin possible, le plus vite possible.

Et comme les autres, je fus pris dans les rouages. Et tous mes projets, toutes mes résolutions de m'accrocher à ma lucidité, de tout noter jusqu'à la dernière minute, je les oubliais derrière moi, hors de moi. Les blessés qu'on évacuait vers l'arrière, les sapeurs qui se faisaient sauter en désamorçant quelque charge explosive, je les croisais sans les voir. Comme les autres, je rampais quand il fallait ramper, je me faufilais à travers les barbelés quand il n'y avait pas moyen de les contourner. Je suivais le sergent comme on suit un père irascible et tout-puissant qui protège ses enfants en les conduisant à la gloire, et aussi au sacrifice. Comme les autres, j'aspirais la nuit, la fumée à pleins poumons, je nageais dans la sueur, je criais n'importe quoi, à l'adresse de n'importe qui, reprenant les appels, les avertissements qui s'élevaient au-dessus du champ de bataille, amplifiés par la terreur et l'obscurité :

— Attention ! Des mines !

— Un bunker ! Tu marches sur un bunker !

— Grenade dégoupillée !

— Bougez pas ! Tous vers la droite ! La droite !

— Infirmier ! Brancardier ! Je suis blessé ! Blesséééé !

Je n'étais pas blessé, pas encore, mais je criais avec celui qui l'était, pour lui.

— Troisième section, à moi !

— Shaike, ton lance-grenades !

— Ouzi ! Qu'attends-tu ?

Avec tous les obus qui pleuvaient, avec tous les éclairs jaune-orange qui trouaient le noir et le peuplaient de spectres mutilés et défigurés, avec tous les cris de fureur, de douleur et de démence, avec tous les appels au secours des mourants amis et ennemis, on ne voyait rien, on ne distinguait personne.

— Baisse-toi ! Idiot ! Baisse-toi !

Quelqu'un, un inconnu, m'a sauvé la vie. Pour combien de temps ? Qu'importe. Je n'y pensais plus. Je ne pensais à rien. En ce moment-là, dans cette mêlée informe et sanguinaire, il n'y avait qu'une chose à faire, et que je faisais inconsciemment : courir, courir en avant sans regarder et sans écouter, courir en obéissant à n'importe quel ordre, à n'importe quel réflexe, abandonnant une pensée qui ne me concernait plus, ne m'emprisonnait plus, poursuivant un silence qui, à son tour, s'éloignait dans les ténèbres, parmi les vagues vivantes, irrésistibles, qui s'ouvraient et se refermaient en laissant derrière elles une violente odeur de soufre et de sang.

Fortifications nettoyées, casemates éventrées, mitrailleuses et servants tordus et calcinés, véhicules renversés, crépitement d'armes légères, d'armes automatiques, explosions d'obus de mortiers : c'était mon baptême du feu, et je l'ai reçu en guerrier éprouvé, quoique téméraire.

— Eh, toi ! me cria un sous-officier. Qu'as-tu fait de ton arme ?

— Je n'en avais pas.

— Attrape !

Au contact du fusil, le sens du réel éclata en moi avec une force aveuglante. Je contemplai l'arme, que je trouvai lourde, encombrante : à qui avait-elle appartenu ? Comment la manier ? Je la tenais à distance, redoutant ses caprices, mais n'osais pas m'en débarrasser. Je me sentis inutile, ridicule, de trop dans cette guerre que je faisais par personne interposée. Si je mourais, on dirait que j'étais tombé au combat, et ce serait faux. Heureusement, Katriel serait là pour rétablir les faits. Mais où était-il ? Je criai : Katriel, Katriel ! Pas de Katriel. Yoav, Yoav ! Pas de Yoav. Pas d'Arieh. Pas de Gdalia. Coupé de mon unité, séparé de Katriel, je fus pris de panique. Je posai le fusil par terre et me remis à courir. Je trébuchai sur une grosse pierre, une

poutre. Non : sur un corps. Sursaut de dégoût, d'horreur :
un cadavre, mon premier cadavre. Il gisait là, devant moi,
recroquevillé, énorme, le sang dégoulinant de sa bouche.
Un des nôtres ? Comment savoir ! Ce n'était pas le moment
de classer les visages. Continuons. Plus loin, un second cadavre, les bras en croix, barrant l'accès à une route escarpée.
Tous les cadavres de cette nuit, on les a mis devant moi.
Tant pis. Ne pas regarder, ne pas faire attention. Passer.
Sauter. Les yeux clos. Je courus un long moment sans les
rouvrir. L'aveugle, Shlomo, c'était moi : je ne tenais plus à
voir où je courais, qui je piétinais. Mais tout à coup, je
perçus un bruit de moteur. Une voiture. La voici à ma hau-
teur. Oui, c'était Gad.

— Monte ! cria-t-il sans stopper.

Des bras m'agrippèrent, me hissèrent sur un half-track
découvert. Haletant, je sentis mon corps s'affaisser. Je dus
lutter pour reprendre souffle. Et pour réprimer un sanglot
qui m'étranglait. Quoique assis, je me voyais encore courant,
happé par le vide. Et tout en courant, je demandais à Gad :
où en est la bataille ? Il ne répondit pas. C'est qu'aucun son
n'était sorti de ma bouche. Je lui tirai le bras, il vit ma grimace et comprit :

— Tout va bien, bien, bien.

— Bien, bien, dis-je en écho.

— Il y a des pertes, mais nous perçons.

— Nous perçons, perçons, perçons.

Combien de temps avions-nous parlé ? Combien de temps
avions-nous roulé ? Une heure. Peut-être moins. L'infini nous
pénétrait. Il me semblait que la guerre, la nuit ne se termi-
neraient jamais, jamais. Au contraire, elles redoublaient de
vigueur. Une fois de plus, l'horizon me parut en feu. Le tir
de barrage avait pourtant cessé. Je mis une minute à réa-
liser : l'aube se levait. Victorieuse, rougeoyante, elle reprenait
au crépuscule son or et sa violence pour incendier les heures,
les buissons, les nuages. La nuit s'en allait ? Déjà ? Projeté
hors du temps, j'avais l'impression que l'attaque venait à
peine de se déclencher, et aussi, qu'elle durait depuis toujours, toujours, toujours. Et la voix de Gad, je l'entendais

planer au-dessus de tous les hommes en guerre, de tous les êtres abreuvés de nuit, de douleur, de victoire :

— Arieh, où en es-tu ?

— On avance.

La voix juvénile, excitée de mon lieutenant : et où en était sa section ? J'espérais que Gad lui en poserait la question, mais il ne s'arrêtait pas aux détails.

— Ouzi ?

— Ça va.

— Shlomo ?

— Ici Aviezer : le capitaine est blessé.

— Pourquoi Motti n'a-t-il pas pris le commandement ?

— Blessé, lui aussi.

Yona, Pinhas, Naphtali, Mordekhai, Abir : voix dures, rauques, épuisées, lentes, tendues, elles se suivaient en se servant des mêmes mots : oui, ça va, on se débrouille.

— Combien d'effectifs te reste-il ?

— Assez pour atteindre l'objectif.

Tout le long du front, ouvert en éventail, dans tous les secteurs, on avait déjà enfoncé les lignes, on avançait, mais en y mettant le prix. L'ennemi opposait une résistance acharnée, se battant vaillamment, avec une abnégation qu'on ne lui avait pas connue dans les conflits antérieurs. Il n'abandonnait ses positions que lorsque le dernier légionnaire avait vidé sa dernière cartouche. Çà et là, on se battait au corps à corps, le couteau aux dents. Résultat : d'une compagnie qui avait compté cent vingt hommes, douze étaient encore en état de poursuivre l'assaut. Mais ils avançaient. Gad en informa la division.

— Veux-tu des renforts ?

— Je ne crois pas que ce soit nécessaire.

L'appareil continuait de grésiller. Grésillement monotone, mêlé de sons, de râles inconnus. Un lieutenant avait été tué au milieu de son rapport. Un sergent criait : ici Nadav, le sergent Nadav, nous ne sommes que six, nous ne sommes que six.

— Ta position ? demanda Gad.

Nadav ne fit que répéter :

160

— Nous ne sommes que six.

Gad connaissait la plupart de ces hommes. Il s'orientait avec aisance dans le labyrinthe des voix. Moi, pour deviner la progression de la bataille, je ne pouvais que scruter son visage. On tirait sur nous, mais lui demeurait impassible. On tirait sur moi et, chose bizarre, je vis le soleil tourner autour de lui-même, tomber avec une vitesse vertigineuse, puis je le vis en bas, gisant sur le sol, pareil à un corbeau noir, foudroyé.

— Ce n'est rien, dit le médecin. Une simple égratignure.

Je savais qu'il se trompait.

— Et les autres ? demandai-je. Gad ? Et le chauffeur ?

— Sains et saufs.

C'était Gad qui m'avait emmené ici.

— Quand ?

— Il y a deux heures. Ou trois.

Je voulus m'accouder, mais dus me recoucher. Venant du bras gauche, une douleur aiguë perça mon cerveau.

— Ce n'est rien, dit le médecin. Une simple égratignure.

Ce n'était pas vrai, mais il ne pouvait pas le savoir.

— J'aimerais partir, rejoindre mon unité dès que possible.

— Très bien.

Pour me rassurer sur mon état, il me raconta ce qui m'était arrivé :

— La balle t'a manqué de près. Poussé par ton camarade qui l'a vue venir, tu es tombé de la voiture. La chute t'a fait perdre connaissance. Plus tard, tu pourrais, tu devrais te faire examiner plus à fond. Pas maintenant. Nous sommes débordés.

Sous la tente, des dizaines de blessés graves se convulsaient en gémissant.

— Repose-toi un peu. Tu auras encore besoin de tes forces. Et...

Appelé d'urgence, il ne termina pas sa phrase. Je me levai et sortis en vacillant. Un officier, un pansement à la tête, montait dans sa jeep.

— Pourriez-vous m'indiquer où je pourrais trouver le *sgan-aluf* Gad ? lui demandai-je.

— Viens avec moi.

J'eus envie de lui poser des questions sur la situation au front, sur le sort de la Vieille Ville, mais il n'était pas d'humeur à bavarder. Il conduisait en s'appuyant trop sur le volant ; sa blessure devait sans doute le faire souffrir.

Nous roulâmes en silence une bonne dizaine de minutes. Çà et là, nous croisions un char strié de suie qui, chenilles en l'air, ressemblait à une bête dormant sur le côté. Plus loin, au bord de la route cahotante, des soldats se reposaient sous des arbres que la tempête avait laissés intacts. Encore un bout de chemin et nous pénétrâmes dans une agglomération qui grouillait de soldats, et nous fîmes halte devant une maison moins saccagée que les autres : le nouveau P.C. du bataillon.

L'adjoint de Gad m'informa que Gad était absent : en conférence au quartier général de la division. Il me proposait d'attendre son retour.

— Je préférerais rejoindre mon unité, dis-je.

— C'est comme tu veux.

Le manque de sommeil lui donnait un air indifférent.

— Où est-elle ?

— Qui ?

— Mon unité.

— Tu veux dire ce qu'il en reste ? Tu demanderas dehors.

Je me précipitai dans la rue. Un sous-officier m'indiqua une porte :

— Si c'est Yoav que tu cherches, il est là-dedans.

Yoav s'y trouvait, Katriel non.

— Où sont... les autres ?

Il me tendit une bouteille d'eau gazeuse :

— Bois. Dans cette sacrée chaleur, on n'arrête pas de boire.

— Qui avons-nous perdu, Yoav ?

Le lieutenant. Gdalia. Le petit gars yéménite ? Oui. Et Zvi. L'étudiant. Tués. Amram. Peretz. Bernard. Kehati. Evacués vers l'arrière.

162

— Et... Katriel ?

— Lui, ça va. Il est quelque part ici, dans les parages.

Je finis par le retrouver. Assis sur le trottoir en face d'une maison abandonnée, il semblait dormir les yeux ouverts. Je pris place près de lui sans qu'il s'en aperçoive. Ce fut moi qui parlai le premier. En quelques mots brefs et précis, je lui confiai mes aventures, en terminant par la sensation étrange qui s'était emparée de moi au réveil, à l'hôpital de campagne : j'étais blessé, mais ignorais où exactement.

— Et toi ? demandai-je.

— Moi, quoi ? fit-il d'une voix devenue rauque et dure.

L'espace d'une seconde, il tourna vers moi un visage coléreux et sauvage, que je faillis ne pas reconnaître ; il le détourna aussitôt, comme s'il eût été saisi de honte.

— Que veux-tu savoir ? s'écria-t-il en s'emportant subitement. Tu veux savoir si j'ai tué ? Oui ?

Il tremblait de rage, de haine peut-être.

— Oui, j'ai tué ! Tu veux savoir qui ? Et combien de fois ? Je ne le sais pas moi-même ! Je ne le saurai jamais ! Et cela n'a aucune importance ! J'ai tué, et rien n'a plus d'importance ! C'est ce que tu voulais savoir, dis ?

Abasourdi, je ne sus que répondre. J'attendis la suite, la fin. Katriel me jeta un coup d'œil pénétrant et se mit à pleurer, puis à rire, puis à rire et à pleurer en même temps :

— Et tu crois, toi, qu'on peut tout savoir ! Qu'on peut tout comprendre et tout transmettre ! Tu me fais rire, tu me fais pitié ! Va-t'en ! Laisse-moi ! Tu te veux innocent et tu ne comprends rien à l'innocence, et moi non plus !

— Si, Katriel. Je comprends. Je comprends que tu as besoin de repos.

— Tu crois cela ? Tu n'en sais rien.

La guerre aurait-elle déposé en lui, en lui aussi, une goutte de son poison, de sa haine ?

— Laisse-moi, je t'en prie.

Je le quittai avec un goût âcre dans la bouche.

— Il paraît que tu vas bien, me dit Gad qui me reçut en fin d'après-midi.

— Une simple égratignure.

— Tu l'as échappé belle, veinard.

— Grâce à toi.

— Tu feras attention la prochaine fois. Je ne serai pas toujours là pour te jeter hors de la voiture.

— A tes ordres, mon commandant.

Malgré ses traits creusés par la tension et l'insomnie, il semblait calme, éveillé et en plein contrôle de ses sens. Avant de me congédier, il me communiqua les dernières nouvelles : on allait de victoire en victoire, l'une plus éclatante que l'autre ; débandade des forces ennemies dans le Sinaï ; la nation entière avait tenu le pari.

— Et la Vieille Ville ?

— Nous la prendrons demain. Dans la matinée.

Nous échangeâmes une poignée de main et je retournai à mon logis. Yoav m'indiqua un endroit pour dormir :

— Le plancher est un peu dur, mais tu ne t'en apercevras pas.

Je restai un moment à regarder par la fenêtre. Le couvre-feu avait transformé la localité en un village fantôme. Hier, seulement hier, un homme que je ne connaîtrai jamais avait dû se tenir à ce même endroit : à quoi pensait-il ?

— Couche-toi, dit Yoav. La nuit passera vite. Et ensuite...

Les habitants de ce village, où étaient-ils ? Où étaient les enfants de cette maison ?

— Tu n'entends pas ce qu'on te dit ? fit Yoav en s'énervant.

Je m'étendis sur le plancher. Je me sentis contrarié. J'aurais préféré sortir et aller me promener. Mais c'était défendu. Et dangereux. Bon, essayons de dormir. Mais je ne pouvais pas dormir. Plus j'essayais, plus le sommeil me fuyait. Je redevins fiévreux, angoissé. J'avais atteint la limite de la fatigue, la limite de la connaissance : je ne savais plus ce qui m'arriverait demain.

— Nous serons bientôt dans la vraie Jérusalem, dit une voix, la voix de Katriel.

Je rejoignis en hâte mes souvenirs de la veille, nos voix de jadis. Retrouvons vite nos rêves. Jérusalem si proche, si lointaine. Vivante, et bientôt accessible. En pensée, je parlais à l'enfant que j'avais été. Fais-moi rire. Une seule fois. Rire comme je n'ai jamais ri de ma vie. Rire pour hier, rire pour demain. Rire pour Katriel qui avait tort de fléchir, rire pour Gad aussi, car il résistait trop bien. Maintenant, c'est mon rire que je désire offrir à Jérusalem, mon rire et non mes larmes.

Je me revois dans ma ville. Yom Kipour. Jour de jeûne, de repentir. Le soir, le même cri jaillit avec la même force de toutes les poitrines : l'an prochain à Jérusalem. A ma droite, j'aperçois un homme vêtu de son Talit, mais qui ne prie pas. Je le revis le lendemain, à l'entrée de la maison d'études, parmi les mendiants et les simples d'esprit. Je lui fis l'aumône ; il la refusa : « Je n'en ai pas besoin, petit. — Mais de quoi vous nourrissez-vous ? — De rêves. »

Pendant la fête des Tabernacles, je butai sur lui à nouveau dans la hutte du Borscher Rebbe, où des hassidim chantaient à tue-tête.

« Sortons, dit le mendiant. Je te ferai cadeau de mes rêves. » Nous allâmes nous asseoir sous un peuplier. « J'ai rêvé que je marchais sur la route. De loin, j'ai vu brûler le Temple. Je me suis mis à courir, mais le sol sous mes jambes me ramenait en arrière. Le Temple se consumait et je n'ai donc rien fait pour le sauver. — Je n'aime pas ce rêve, dis-je en frissonnant. — Moi non plus. Essayons de le changer, veux-tu ? Je recommence : j'ai rêvé que je marchais sur la route. De loin, j'ai vu le Temple plus resplendissant que jamais. Je me suis mis à voler vers lui. L'instant d'après, je n'avais plus de jambes. Résultat : j'ai dû continuer de voler, de rêver. — Ce rêve non plus, je ne l'aime pas, dis-je. — C'est ton droit. Recommençons : j'ai rêvé que je marchais sur la route. De loin, j'ai vu le Temple qui se calcinait. Pour le sauver, je devais chanter. Or, je n'avais plus de langue. En vain, je l'ai cherchée dans le sable et dans les nuages : elle n'y était pas. J'ai déterré ensuite les cadavres, secoué les vivants, examiné toutes les mâchoires : ma langue n'y était pas. Je la cherche encore, et aussi longtemps que mon souffle tiendra, je continuerai à la chercher. Il m'arrive de l'apercevoir dans la bouche d'un autre, alors je lui hurle à la figure : ne vous fatiguez pas, inutile de vous servir de ma langue et de chanter la force de l'homme et son droit à la consolation. Le Temple brûle et le bonheur est mort ; et s'il n'était pas mort, l'orphelin que je suis le tuerait de ses propres mains. » Je me bouchai les oreilles, tentai de m'enfuir, mais le mendiant me retint avec force. Grimaçant, il reprit d'une voix plus timbrée : « Puisque tu n'apprécies pas mes rêves, je te raconterai ma vie. Un matin, dans mon sommeil, j'ai rêvé que je dormais, que je rêvais que je m'étais réveillé. Tu me demanderas : c'est tout ? Oui, petit. C'est tout. C'est déjà trop. » M'étant dégagé de son étreinte, j'allais prendre la fuite. Sa voix me poursuivit : « Sache, petit, que le jour où ta vie à toi te sera contée... »

Malade, je refusai de dormir. J'avais peur de fermer l'œil, peur de me voir dans un autre rêve d'un autre mendiant. Grand-mère se précipita chez le rabbi et me ramena sa bénédiction. Mère fit venir le médecin qui parla de surmenage, d'anémie ; il me fit une piqûre, rédigea une ordonnance. Repose-toi, calme-toi. Tu te sentiras mieux. Demain. Tu verras. Tu seras un autre homme. Ferme les yeux et dors. Secoué par la fièvre, à la limite de la peur, je protestais : je ne veux pas dormir, je ne veux pas rêver, je ne veux pas de demain. Je dormais déjà, que mes gémissements continuaient à jeter l'émoi dans la maison.

— Tu trembles, dit Katriel. Moi aussi. Pour moi, tout cela signifie un retour.

Et sans faire allusion à sa crise de nerfs de tout à l'heure, il se mit à raconter un souvenir. Il avait fait le siège de Jérusalem, vingt ans auparavant. Sa compagnie défendait la Vieille Ville. Cela allait de mal en pis. On manquait d'hommes, d'armes ; impossible d'acheminer renforts et munitions. On se battait pour chaque ruine, pour chaque brique. C'était sans espoir. Un drôle de bonhomme surgit un soir parmi les combattants exténués et leur proposa son aide. L'officier en charge ne put s'empêcher de rire : « C'est toi, les renforts ? » Caftan en loques, le visage décharné et empreint de solennité : un fou, un illuminé, quoi. De ces personnages dont la Vieille Ville regorge depuis des siècles. Offusqué, le visiteur remarqua : « Vous avez tort de me rejeter. — Mais comment pourrais-tu nous aider, grand-père ? — Je pourrais simplement me joindre à vous. — C'est tout ? — C'est assez. — Soit, décida l'officier. C'est mieux que rien. » Le bonhomme le remercia, et tous les soirs, avec le crépuscule, il apparaissait — nul ne savait d'où — et il leur tenait compagnie jusqu'au matin. Chose étrange, les combattants s'attachèrent à lui. Pour ne pas s'en séparer, on résistait un peu mieux, avec un peu plus de ténacité. Ne se souciant guère des soldats ennemis alentour, il apportait parfois une cruche d'eau et du pain durci. Nul ne put découvrir où il se les procurait, où il se rendait. Quel était son nom ? Dans quelle époque vivait-il ? Les questions qu'on lui posait, il les écartait : « Je n'aime pas la curiosité, la passion seule m'attire. » Grâce à lui, les défenseurs ne sombraient pas dans l'abrutissement. Il leur remontait le moral en agissant sur leur imagination. Chacun le voyait différemment : c'était le prophète Elie réconfortant les malheureux, le roi David éclatant de vigueur, le poète Yehuda Halevi tué au pied du Mur.

— Ensuite ? demandai-je.

— Ensuite quoi ?

— Que lui est-il arrivé ensuite ?

— Rien. Peu avant la fin, il se proposa comme éclaireur. Il prétendait pouvoir nous sauver. Il disait : « Je connais ce quartier mieux que vous, mieux que quiconque, j'y habite depuis plus longtemps. Je suis là pour le défendre. Comme vous. Laissez-moi vous aider. Je vous montrerai certains réseaux et tunnels souterrains, vous attaquerez l'ennemi dans le dos. Vous le prendrez par surprise. Dites oui et je vous ouvrirai une voie qui mène à la victoire, dites oui et je vous confierai les clefs d'une cité invisible que nulle puissance n'a encore violée. » Mais le commandant, vidé, lui répondit : « Dommage que tu sois venu si tard, trop tard ;

pour combattre, il nous faudrait des armes, les histoires ne suffisent pas. » Il avait raison. Il nous restait dix balles par fusil. Voûté, chagriné, le bonhomme s'en fut. Le lendemain, nous déposâmes les armes.

— Et le mendiant ?

— Comment sais-tu que c'était un mendiant ?

— Une idée.

— Je ne l'ai plus revu. Sans doute l'a-t-on évacué avec les autres habitants civils.

Il se hâta de rectifier :

— Non, je ne le crois pas. Je crois plutôt qu'il est resté dans la Vieille Ville. Il y est encore. Il se cache dans son royaume invisible. Je crois même qu'il aurait pu le sauver, le défendre. Il aurait pu nous épargner la capitulation. Nous avions tort de repousser son offre, de nous appuyer sur notre force plutôt que sur la sienne. Le commandant se réclamait de la nouvelle génération qui avait instauré le règne du courage, du sens de la réalité. Pour cette génération-là, un peuple peut et doit changer de destin ; elle pense que les enfants d'Israël peuvent échapper au passé d'Israël. Aussi aimerait-elle qu'ils soient tous sains, normaux, sans mystère ni fardeau. Elle se leurre. Cette guerre le prouve. Les menaces et les dangers, nous les avons connus et subis plus d'une fois. Rien n'a changé. Scénario, décor, mobiles, personnages : on n'attendait que le lever du rideau. Comme par le passé, on voulait notre mort. Comme par le passé, la solitude est notre signe distinctif. Le mendiant le savait, lui. C'est pourquoi il nous avait offert ses moyens à lui, ses armes à lui : ils avaient fait leurs preuves.

Voilà, Malka, de quoi Katriel m'entretenait cette nuit-là. Mais savez-vous qui était le mendiant ? Parfois, je me dis que c'était lui, que c'était moi.

Levés avant l'aube, nous avalâmes quelques gorgées de café bouillant et montâmes dans les véhicules qui devaient nous conduire en première ligne. Repliés sur eux-mêmes, les hommes évitaient de se parler. Certains songeaient aux compagnons déjà perdus en route, ou à ceux qu'on allait perdre. D'autres, casque sur les genoux, dans le noir, griffonnaient un dernier mot à leur femme, à leurs parents.

Les minutes s'allongeaient, s'alourdissaient. Face à l'ennemi, à la mort, l'attente est pire que la course au feu. Les nerfs à fleur de peau, à quoi pense-t-on quand on souhaite précipiter les événements ? Pas à l'avenir. On revient en arrière en donnant libre cours à sa fantaisie. On corrige le passé. Appelé au tableau, à l'examen, je réponds oui plutôt que non ; et le professeur me félicite. Arrivé à un carrefour, un matin sordide, je vire à droite plutôt qu'à gauche, et mon existence prend une tournure différente. Des faits précis, puérils, s'imposent à l'esprit : tu as offusqué tel voisin, tu n'as pas payé ton loyer, tu n'as pas rendu tel livre à la bibliothèque.

Et Katriel ? Il s'enfermait dans un mutisme irrité. A quoi pensait-il ? Au fait qu'il allait devoir tuer encore cette fois pour Jérusalem ?

La nuit, qui pesait sur les paupières comme une brûlure, eut un soubresaut. Très haut au-dessus de moi, un nuage modifia son trajet et se brisa en deux. En baissant la tête, je vis Katriel me dévisager intensément. Quelque chose en moi le fascinait. J'allai lui demander ce que c'était, mais il ne m'en donna pas l'occasion.

— Ecoute, dit-il d'une voix tremblante. J'ai un service à te demander.

— Oui ?

— Ne reste pas auprès de moi.

— Mais notre pacte !

— Je t'en prie !

Il y avait tant d'angoisse, tant de désespoir dans sa voix, que je ne pus lui dire non.

— Je comprends, fis-je en m'efforçant de sourire.

Il ne faut pas lui en vouloir, Malka. Essayez de comprendre, vous aussi : il n'est pas facile de devenir fou en tuant devant témoins.

— Tu as toujours une place pour moi ?

— On se poussera un peu.

Debout dans son half-track, Gad conférait avec les membres de son entourage. D'un bond, je fus à ses côtés. Jetant un regard sur le paysage alentour, je manquai pousser un cri d'émerveillement.

Le véhicule du commandement stationnait sur une sorte de plateau d'où l'on embrassait d'un coup d'œil les remparts, la citadelle aux tourelles obscures et meurtrières. De l'autre côté, émergeant de la pénombre bleutée, la Vieille Ville prenait forme et relief, on distinguait déjà ses coupoles, ses minarets, ses maisons basses, écorchées.

— C'est pour toi, dit l'officier radio, et il remit à Gad les écouteurs.

C'était un message adressé à nous tous.

— De la part du commandant de la division à tous les officiers et parachutistes. Nous montons sur la Vieille Ville. Nous allons libérer le Mont et le Mur du Temple. Le peuple juif attend cette victoire, nous la lui donnerons. Les heures que nous allons vivre appartiendront à l'histoire d'Israël. Bonne chance à tous.

La transmission était terminée depuis un bon moment déjà, mais Gad gardait encore l'appareil dans ses deux mains.

— Tu te souviendras de cette aube, me dit Gad.

— Il fait jour déjà.

Il regarda sa montre, comme pour vérifier mes dires :

— En effet, il fait jour.

Tout à coup, des cloches se mirent à sonner, comme dans la ville de mon enfance, autrefois. Le même frémissement nous parcourut tous : c'était à peine croyable. Sons paisibles, imperturbables, planant sur des sentiers et des champs jonchés de cadavres. Et si tout cela n'était qu'un rêve ? Et si je n'avais jamais quitté ma maison, mon jardin et mes amis ?

— Gad, dis-je. Où sommes-nous ?

— Tu le sauras bientôt.

La main en visière, il scruta le ciel où, comme s'ils eussent obéi à son signal, des chasseurs apparurent. Au même instant, d'innombrables canons se mirent à tonner. Ciel et terre semblaient se mesurer à qui cracherait plus de flammes, à qui déchaînerait un fracas plus destructeur.

— C'est pour nous, dit l'officier radio.

Gad, d'une voix coupante, donna ses ordres aux commandants d'unités prenant part à l'assaut. Par ses jumelles, il observait la progression des combats qu'il dirigeait, sans jamais se départir de son sang-froid. Les rapports qu'il recevait, et qu'il transmettait à son tour au Quartier général, s'amélioraient de minute en minute ; on allait percer plus rapidement que prévu. Soudain, je vis Gad redresser son buste, ajuster son casque, affermir son expression.

— J'en ai assez de voir tout cela à distance, dit-il à ses supérieurs. On y va, nous aussi !

Le chauffeur, qui avait déjà mis le moteur en marche, appuya aussitôt sur l'accélérateur. Le véhicule s'ébranla et bondit en avant, dévalant la route.

— On y va, répéta Gad, comme pour lui-même.

Nul besoin de lui demander des précisions. Tout devenait très clair, très simple. Tendus, narines palpitantes, nous regardions devant nous, emportés, presque aveuglés par l'émotion. L'excitation avait repris possession de tous nos sens. On ne faisait plus attention aux obstacles ni aux francs-tireurs. Happés par l'événement, comme subjugués par une force démentielle, nous volions vers le feu de la bataille, et toutes nos pensées se concentraient sur la vitesse qui devenait une sorte de divinité que nous devions nous concilier. Puis un cri, toujours le même, nous échappa et se répercuta au loin : on y va, on y va !

Nous criions de plus en plus fort pour couvrir le sifflement des balles, l'aboiement des mortiers, le gémissement des blessés, les râles des mourants. C'était du délire. Sans nous en rendre compte, nous criions pour nous faire entendre du monde entier, des siècles passés et à venir, nous criions pour faire s'écrouler les murailles, libérer la ville ainsi que le Mur incarnant son éternité, nous criions pour nous convaincre que les voix étaient nos voix, les rêves nos précurseurs.

Et, dans la clarté saisissante du jour naissant, limpide, je vis que de partout arrivaient des combattants en proie au même délire ; ils arrivaient en voiture ou à pied, en courant ou en se traînant malgré leurs blessures, sanglés dans leurs uniformes roussis, le casque enfoncé leur cachant les yeux, et tous convergeaient dans la même direction, vers le même point de ralliement, vers la même porte : je crus entendre le rugissement des lions. Je me penchai vers Gad :

— Sommes-nous tous devenus fous ? hurlai-je dans ses oreilles.

— Ne t'ai-je pas prévenu ? Les fous ont pris les choses en main.

Et nous voilà dans la Vieille Ville. Ruelles obscures, étroites, imbriquées les unes dans les autres. Immeubles aux façades lépreuses. Fenêtres murées. Barricades pulvérisées. Quelque part, un enfant pleure. Un légionnaire, sur un toit, ayant lancé une grappe de grenades, vient s'écraser devant nous, les bras ballants. Plus loin, quelqu'un tire une rafale de mitrailleuse. On lui répond en l'arrosant de feu. A quelques pas de là, une petite fille, figée de peur, se tient dans une porte entrebâillée.

La fusillade continuait sans répit. On se battait dans chaque maison, dans chaque cour. L'ennemi avait changé de tactique. Il n'était plus question de résistance organisée. Mais l'endroit grouillait de soldats isolés qui, passée la première vague, surgissaient de leurs cachettes et atteignaient les assaillants dans le dos. On s'en occuperait plus tard, le nettoyage pouvait attendre.

— Vite, vite, criait Gad, et nous criions avec lui.

Incroyable mais vrai : Gad lui-même s'était laissé entraîner dans le délire. Il ne se maîtrisait plus. Une lueur farouche, nouvelle, brillait dans ses yeux. Alors seulement, je m'aperçus que son visage était recouvert d'une couche de suie noire. Etait-ce Gad sous ce masque ? Je regarderais plus tard, cela pouvait attendre.

Soudain, nous débouchâmes sur un espace nu qui semblait grimper jusqu'au ciel : le *Har Habayit*, le Mont du Temple. Etrange mais vrai : le commandant divisionnaire, le colonel Motta Gur, s'y trouvait déjà. Il y était arrivé le premier, avant ses éclaireurs. Tremblant de fierté — d'une fierté inconnue, qui ressemblait à de la colère — il hurlait de toutes ses forces dans sa radio : Le *Har Habayit* est entre nos mains ! M'entendez-vous ? Le *Har Habayit* est entre nos mains ! » Eh oui, on l'entendait à l'autre bout du fil, on l'entendait à l'autre bout du monde.

Gad, transfiguré, ordonna au chauffeur de faire marche arrière et de s'engager dans une ruelle latérale, contournant la colline sacrée. Là encore, nul besoin d'expliquer. Prochain objectif, prochain arrêt : le Mur. Nous y serions parmi les premiers, mais non les seuls. D'autres y couraient, obéissant à la même impulsion. Une barricade improvisée en hâte — des poutres, des tables — fut vite renversée. Encore une. La ruelle suivante s'avéra trop étroite pour le véhicule. Tant pis. On laissa le chauffeur et un caporal, tandis que nous autres, Gad en tête, nous y engagions au pas de course. En chemin, de nombreux soldats et officiers, sortis je ne sais d'où, arrivés je ne sais comment, se joignirent à nous. Çà et là, un vieil Arabe, de sa fenêtre mal voilée, suivait du regard cette ruée collective en hochant la tête d'un air ahuri. Çà et là, nous étions giclés de balles ou de fragments d'obus. Certains d'entre nous tombaient en courant. On les emportait avec nous, on les soignerait plus loin. Pas de tués ? Pas que je sache. Tant que durait la course, la mort semblait n'avoir pas de prise sur nous. Plus tard, elle se rattraperait. Pas maintenant. Elle aussi devait attendre.

— Regardez ! hurla quelqu'un. Regardez ! Le Mur !

Un autre, puis un troisième :

— Le Mur ! Là, là, devant moi !

Et tous ensemble :

— Regardez ! Regardeeeeez !

Alors, tout s'arrêta. Le souffle, la vie, le soleil. La guerre elle-même s'immobilisa. Je n'osai plus respirer ni m'approcher. Craignant une déception, autant qu'un réveil, je dus me faire violence pour regarder.

Comme paralysé, étranglé par l'émotion, je regardais le Mur comme on regarde un être vivant dont on a été longtemps, ou depuis toujours, séparé. Je ne l'avais jamais vu auparavant, pourtant je l'ai reconnu. Cependant, le sentiment de vivre un rêve ne m'avait pas encore quitté. Au contraire, il allait croissant. Une part de mon être n'osait y croire. Je savais que ce mur était le Mur du Temple, mais je ne parvenais pas à croire que c'était moi qui le contemplais. Le triomphateur en moi me parut étranger autant qu'irréel.

— En principe, nous devrions déchirer nos vêtements, dit une voix dans mon dos.

Katriel, hagard, avait vieilli au cours de la nuit. Il tomba dans mes bras, puis :

— Nos sages l'exigent ainsi, reprit-il d'une voix saccadée. Celui qui voit le Mur se doit de porter le deuil, en souvenir du Temple détruit. Je suis sûr que mon père le ferait s'il était ici, s'il pouvait voir.

Il avala un sanglot et enchaîna :

— Seulement, moi, je ne le ferai pas. Pas aujourd'hui. Aujourd'hui n'est pas jour de deuil. Lorsque tu rencontreras mon père, tu le lui diras.

Et, après un silence :

— Tu lui diras aussi que, pour arriver ici ce matin, nous avons tous dû déchirer nos vêtements.

J'allais lui demander si notre accord tenait toujours, mais il ne m'en laissa pas le temps.

— A présent, il faut écrire, dit-il.

— Tu es fou ? Ecrire ? Ecrire quoi ?

— Un vœu. Tu l'écris et tu l'enfouis dans les interstices du Mur. C'est l'usage.

Il me tendit un bout de papier, un crayon. Déconcerté, je cherchais des mots, des noms. Quel vœu formuler, et pour qui ? Les disciples, pour qui le Baal Shem Tov devait intercéder, lui demandaient simplement la santé : celle du corps et celle de l'âme. Soit, suivons leur exemple. Essayons. J'écrivis mon nom : David ben Sarah, David fils de Sarah. Et ma main refusa de continuer. Jadis, c'était ma mère — Sarah, fille de Dovid — qui rédigeait les requêtes et sollicitait pour moi, pour nous, l'intercession des saints et des justes et me souhaitait de leur ressembler.

— Tu as fini ? Dépêche-toi.

Katriel avait déjà sa requête toute prête. Non, Malka, j'ignore son contenu. J'ignore ce qu'il réclamait pour vous. Je le vis approcher du Mur et y fourrer son bout de papier froissé. Quant à moi, je ne savais toujours pas quoi écrire. Que demander pour moi-même ? A qui le demander ? J'eus envie de griffonner : « Seigneur, aie pitié de ta création, ainsi que de toi-même. » Mais le nom de ma mère se posait en obstacle infranchissable.

Gad disparut dans la mêlée générale, Katriel aussi. Gad mourut peu après, mais cela je ne devais l'apprendre que plus tard. Resté seul, loin de mes amis, je ne savais plus quel conseil demander, ni à qui le demander.

Alors, j'entendis une voix en moi qui me disait :

Je suis l'œil qui regarde l'œil qui regarde. A force de regarder, je deviendrai aveugle ; tant pis, je chanterai. A force de chanter, je deviendrai fou ; tant pis, je rêverai.

Je rêverai que je m'appelle David fils de Sarah. Je raconte à ma mère ce que j'ai fait de ses larmes et de ses silences. Je lui raconte ce que j'ai fait de mes années, de ma vie. Pourquoi si tard ? Je manquais de force. Je ne pouvais pas accepter ton absence. Si je ne t'ai jamais écrit, c'est parce que je ne t'ai jamais quittée. C'est toi qui es partie. Depuis, je te vois partir. Je ne vois que cela. Cela fait des années que tu pars, que tu t'éloignes, prise dans la marée

175

noire et muette, mais le ciel qui engloutit le feu ne t'engloutit pas, toi. Le feu c'est toi, le ciel c'est toi. Et cette main qui t'écrit, c'est vers toi qu'elle se tend. Et cette vision qui me hante, c'est à toi que je l'offre. Le silence, c'est sur tes lèvres que je le cueille et le dépose. Mendiant nomade ou prisonnier, c'est ta voix que j'essaie de libérer en moi. Et lorsqu'il m'arrive de m'adresser à des étrangers, c'est à toi que je parle.

Je contemple le mur qui porte le visage de ma mère. Elle avait deux visages, ma mère. L'un reflétait les peines quotidiennes de dimanche à vendredi, l'autre la sérénité du Shabat. Et maintenant, elle n'a plus que celui-ci.

Une multitude humaine s'y bouscule, s'y blottit. Moi, je me fais regard et je ne bouge pas.

Dans un éblouissement, je vois d'un bout du monde à l'autre, et jusqu'au plus profond de moi-même. Je vois tous ceux qui, avant moi, se sont tenus ici, frappés d'humilité ou d'extase, ici devant ce même mur. Les rois et les prophètes, les guerriers et les prêtres, les poètes et les penseurs, les riches et les pauvres qui, à travers les âges, ont mendié partout un peu de tolérance, un peu de fraternité : c'est ici qu'ils sont venus en parler.

Ici, disait un sage d'Israël, les pierres sont des âmes ; c'est elles qui reconstruisent chaque jour un temple invisible. Mais en vain y chercherais-je l'âme de ma mère. L'âme de ma mère s'abrite dans le feu, et non dans la pierre. Et dire que son rêve à elle était de venir se recueillir devant ce mur ! Bon, je rêverai à sa place.

Où ai-je vu cet aumônier militaire qui s'avance avec une Torah dans les bras ? On dirait un fiancé le jour de son mariage. Le visage ruisselant de larmes, il récite une prière et sonne le Shofar. Et il me semble que la corne provient du bélier sacrifié ici même, trois mille ans auparavant, par un père accablé de foi et d'amour, et ce père est présent lui aussi. Et l'aumônier ? Serait-ce lui l'ange qui prit pitié d'Abraham et le sauva en sauvant son fils ? Si oui, c'est que, pour une fois, Dieu est du côté de ses serviteurs, du côté des fous.

Et ce vieillard qui arrive en courant, hors d'haleine, où l'ai-je vu ? Caftan noir, feutre noir, un Talit sous le bras, il se précipite vers le Mur comme pour s'y cogner la tête. Hypnotisé par les pierres, il les tâte, les caresse en sanglotant. Un instant, je l'observe comme s'il était pierre parmi les pierres. Puis des soldats l'empoignent et le lancent en l'air en hurlant : il ne faut pas pleurer, il ne faut plus ; c'est fini, les lamentations ; il faut se réjouir, grand-père, il faut crier au Mur notre joie, il en a besoin, nous aussi. Un cercle se forme, un autre. On danse et, sur un tapis d'épaules, le vieillard danse aussi, il n'a pas peur de tomber, ni de s'envoler, il n'a peur de rien et nous non plus. Quelqu'un entonne un chant, et ce chant emplit la place, la ville et le pays entier. Le vieillard crie : plus haut, plus haut. Il rebondit chaque fois avec plus de vigueur, avec plus de frénésie, il est en extase, nous aussi. Quelqu'un, près de moi, ne peut plus se contenir : peu lui importe qu'on le voie sans masque. Quelqu'un pleure et ce n'est pas moi. Quelqu'un pleure et c'est moi. Et dans mon rêve, à travers les larmes, je vois le vieillard lever les bras, comme pour arracher un lambeau du ciel : une offrande à ceux qui chantent, à ceux qui le soutiennent. Qui est-ce ? Peut-être le roi David. Peut-être Abraham. Ou Katriel. Ou encore le Messie.

Tout au fond de moi-même, je sais que je devrais avoir peur : le miracle est trop violent, la joie trop intense. Cela ne peut pas durer ainsi indéfiniment. Mais je sais aussi que je rêve. Au sommet d'une montagne, je glisse sur un caillou, je tombe, j'aperçois le gouffre qui, en s'approchant, se fait plus noir que l'œil noir de la tempête : j'ai peur, mais la peur elle-même fait partie du rêve.

Qu'il continue. Il est encore tôt. Le soleil semble immobile au-dessus du Mur assiégé. Un chant ancien et grave plane sur la ville et descend vers la vallée de Joshaphat ; et mon âme, ne riez pas de ce mot, mon âme n'éprouve même pas le besoin ni le désir de le suivre, fût-ce pour échapper à ce qui la met en péril.

De loin, je vois les danseurs déposer le vieillard par terre. Ils sont épuisés, lui non. Ses traits, je les distigue mieux à présent. Visage familier. C'est le mendiant ou le prédicateur que j'avais connu dans mon enfance. Il me reconnaît et me fait signe. Je m'arrache au sol et fais un pas en avant, encore un. Je respire : ce n'est pas lui, ce n'est pas un vieillard. Serait-ce Katriel ? Une foule nous sépare, j'essaie de la fendre, je le perds de vue. J'interroge les gens : où a disparu l'homme grand et élancé, aux yeux brûlants, qui doit avoir mon âge ? Ils ne savent pas. Affolé, je cours de l'un à l'autre : certains me tournent le dos, d'autres me regardent sans comprendre.

Cependant, la foule ne cesse de grossir. Militaires, officiels et journalistes affluent d'en bas en un long cortège, auquel se joignent rabbins et badauds, accourus de tous les coins de la ville, du pays. Hommes, femmes et adolescents de tous les âges, de toutes les origines, parlant toutes les langues, pratiquant tous les métiers : je les vois monter vers le Mur, vers ce qui subsiste de leur nostalgie collective. Comme naguère au Sinaï, où la Torah leur fut donnée. Comme jadis au royaume de la nuit, où elle leur fut reprise. Voici que s'accomplit, une fois de plus, le vaste rassemblement des exilés : la boucle est bouclée, la fin rejoint le commencement et le justifie. Là-bas, au camp, un homme sage et pieux, dans un accès de démence, s'était écrié : « Nous avons tous entendu Dieu dans le désert ; ici, il nous sera donné de le voir. » Oui, lui avait-on répondu, le voir et périr. L'image de Dieu ne se transmet pas ; on ne l'emporte que dans la mort.

Ici, c'est l'image de l'homme qui est transmise. Et, pour la recevoir, un peuple tout entier, une troisième fois, s'est mis en marche.

C'est toujours le même peuple, sa marche est toujours la même. Le décor est immuable, lui aussi. Les personnages se succèdent à une cadence hallucinante : on dirait une suite de tableaux qui se superposent, de plus en plus anciens. Rois et ascètes, princes et rebelles, se mêlent aux rabbins de noir vêtus, aux soldats en tenue léopard, aux étudiants talmudistes transportés d'émerveillement : les yeux, les bras chargés d'offrandes, de rêves. Commencée des éternités auparavant, leur marche est celle de l'homme déterminé à faire sien son passé, son destin.

Ce père courbé, obstiné, à la barbe roussie : sur quel bûcher, au nom de quelle loi, a-t-il subi le martyre ? Cet adolescent au dos voûté : de quel bonheur l'a-t-on mutilé ? Cette petite fille qui se ronge les ongles : dans quel ghetto, à quelle époque a-t-elle acquis tant de maturité, tant d'expérience ? Elle avance à petits pas et je me demande pourquoi elle ne court pas, elle devrait courir et grandir, elle devrait s'enfuir et vivre. Elle ne court pas parce qu'une femme la tient par le bras. Celle-ci a la démarche lente, noble. Soudain, je la vois de profil, mon cœur chavire. Tout tourne autour de moi, en moi. Maintenant, je les vois avec plus de netteté, impossible de s'y méprendre : la petite fille, bouche ouverte, cherche de l'air, elle étouffe, elle a soif, mais elle ne dit rien pour ne pas chagriner sa mère qui est aussi la mienne.

Ainsi, à force d'appeler l'hallucination et de lui résister tour à tour, j'y plonge et retrouve amis, parents et voisins, tous les morts de la ville, toutes les villes mortes du cimetière que fut l'Europe. Tous se firent pèlerins, et les voilà, à l'heure crépusculaire, intemporelle, envahissant le Temple dont ils sont à la fois les fondements de feu et les gardiens. Assez légers, assez hautains pour accepter de quitter ce monde, ils y sont revenus de loin, de très loin, par-dessus les toits et les étoiles, revenus d'un autre temps, d'autres foyers, comme pour vivre à la fois la résurrection du commencement et celle de la fin. Rien ne pouvait les arrêter, pas même la volonté qui enchaîne le Messie. C'est qu'ils n'ont pas de tombes pour les retenir, pas de cimetières pour les rattacher à la terre ; ils sont descendus du ciel, leur cimetière est le ciel, et leur regard est l'éternité, et sa nuit.

Je les regarde et j'ai peur de les regarder, peur de me découvrir parmi eux. Tant pis, je ferai semblant de n'avoir rien vu. Aussi, je regarde et n'en finis pas de regarder. Un père soulève son fils sur ses épaules et lui ordonne d'ouvrir grands les yeux. Un couple d'amoureux, la main dans la main, accélère le pas. Deux veuves ralentissent le leur. Je me secoue : tu te trompes de date, sinon de lieu ! Tout cela, tu ne l'as pas vu ce jour-là ! Soit. Et après ? Je l'ai vu un autre jour, une semaine, un mois plus tard. Peu importe le temps. D'ailleurs, je ne suis pas seul à avoir vu et à voir encore. Un homme, bras croisés, observe la foule, lui aussi. Maintenant je sais qui c'est, plus d'erreur possible : c'est le prédicateur ambulant apportant partout le silence qu'il faut, là où il faut, au moment où il le faut. Sombre et sévère, plus grand et plus droit que de son vivant, il converse avec un disciple qui, curieusement, lui ressemble : « Sais-tu pourquoi Jérusalem a été sauvée ? — Non. Pourquoi ? — Parce que cette fois-ci, les villes et les villages, grands et petits, par centaines et par milliers, se sont levés pour sa défense. »

Comme toujours, il dit vrai. Pas loin d'ici, dans un caveau, le *Martef Hashoa*, le visiteur ne rencontre que leurs noms, des noms à n'en pas finir, certains lourds de prestige, d'autres difficiles à prononcer, tous gravés dans la pierre noire : voilà tout ce qui reste.

Ces villes et ces villages, vidés de leurs Juifs, ces noms coupés de leur sève, unirent leurs efforts et bâtirent une enceinte de sécurité — un *Amud Esh* — autour de la cité qui les avait recueillis. Sighet et Lodz, Vilno et Varsovie, Riga et Bialistok, Drancy et Bratislava : Jérusalem redevint la mémoire du peuple tout entier.

« Et les morts, dit le prédicateur de sa voix vibrante. Le vivant d'aujourd'hui, le vainqueur d'aujourd'hui aurait tort de les oublier. Israël a vaincu ses ennemis, en sais-tu la raison ? Je vais te la confier : Israël a vaincu parce que son armée, son peuple comptaient six millions de noms de plus. »

Et à la jeune femme qui m'observe au lieu de contempler les ombres autour du Mur, je dis :

— Maintenant, Malka, savez-vous déjà comment les Juifs ont fait pour gagner cette guerre ?

Elle plisse son front et ses lèvres :

— Oui, maintenant je le sais.

Alors, je me tourne vers elle et la fixe droit dans les yeux :

— Sachez aussi que je n'ai plus revu Katriel.

Elle soutient mon regard et dit :

— Je le sais, oui, cela aussi je le sais.

Un homme là-bas.

Vous le voyez ? Assis sur un tronc d'arbre, à l'écart, lointain, il épie les ombres qui, sous les remparts, se regroupent en silence pour évacuer la place avant la percée de l'aube. Elles iront sous peu, par meutes entières, se réfugier dans l'enfance des vieillards, dans la hantise des orphelins.

Il fera jour bientôt. Le soleil répandra sa poussière empourprée sur les plaines changeantes, et son sang sur les dômes, les tourelles, les coupoles, tout en incendiant les montagnes suspendues entre ciel et terre.

C'est l'heure où le vide se fait autour de moi. Les visiteurs de passage sont rentrés, les gardes relevés. Mes compagnons se retirent seuls ou par groupes de deux, de trois. Les mendiants ont la démarche lourde, les fous non. Les uns rient, les autres se renfrognent. Avant de se quitter, ils tiennent conseil et se partagent le monde qu'ils vont parcourir, une fois de plus, pendant la journée.

L'un ira à la synagogue, l'autre au marché, au cimetière, à la plage et — pourquoi pas ? — au théâtre. Le prince retournera-t-il dans son royaume au-delà du Sambatyon ? Shlomo l'aveugle trouvera-t-il qui écouter ? Et Anshel, en consolant ses fournisseurs affamés, se sentira-t-il moins coupable ? Peut-être le saurai-je un jour, demain si demain existe.

— J'aimerais rentrer, dit Malka d'une voix blanche. Viens avec moi. Tu as besoin de repos, moi aussi.

Tête ébouriffée, traits estompés, bouche flétrie : elle se plaint, et comme toutes les femmes répudiées, elle est à plaindre.

— Je n'en peux plus, poursuit-elle au niveau du murmure. Je suis à bout. Je t'en prie : l'épreuve n'a que trop duré. Viens, rentrons.

Pauvre Malka. Sait-elle qu'il n'est pas facile de revenir en arrière ? Elle le sait. Cela ne la décourage pas. Que lui répondre ? Mieux vaut ne pas écouter.

Voici d'ailleurs les premiers fidèles qui arrivent, les premiers pèlerins. Le premier office du matin. Quelques habitués, toujours les mêmes, y assistent. Pinhas le solitaire : il y a vingt ans, il s'était enfermé chez lui et avait fait vœu de ne sortir que lorsque la Vieille Ville serait libérée. Un officier est allé récemment frapper à sa porte : Reb Pinhas, venez avec moi. » Plus loin, la tête rejetée en arrière, lèvres écartées, Baruch, le muet, semble demander au ciel s'il lui est enfin permis de briser son silence, Lui aussi, on est venu le quérir dans une jeep militaire. Il refusa d'y monter. D'abord il fixa l'officier sans comprendre, puis sans changer d'expression, sans ciller, il se mit à courir comme un possédé, sans se soucier de la fusillade alentour, et, chose étrange, il atteignit le Mur avant la jeep. Un troisième fidèle, non moins familier : Guiladi. Taciturne, triste : il était le dernier combattant à quitter ce quartier après sa chute. Maintenant, il y rôde des heures durant. Et Katriel, où est-il ? Peut-être les morts l'ont-ils emmené.

Est-ce la fatigue, l'insomnie ? Je sens la blessure se rouvrir. Les années, émergeant du fond de l'abîme, remontent en cascade et viennent battre violemment mon cœur. L'angoisse m'étreint comme si j'allais rencontrer quelque chose d'aussi absolu, d'aussi décisif, d'aussi pur que la mort d'un enfant à l'aube. Je regarde ma femme, je la touche et j'aime l'aimer, et cependant quelque chose en moi se crispe, se convulse. Et une envie irrésistible de marcher me saisit. Marcher sans répit, sans raison, sans reprendre haleine, jour après jour, nuit après nuit, la gorge sèche et les pupilles dilatées ; marcher pour punir le corps d'avoir emprisonné le temps, et punir l'esprit de lui avoir résisté ; marcher pour atteindre, au-delà de l'épuisement, cette lucidité aiguë qui fait casser les miroirs en mille morceaux et chaque morceau en mille reflets, marcher pour mourir en marchant, et tant pis si c'est pour revivre ensuite et pour s'en souvenir. Mais Katriel m'arrête, c'est lui qui me juge.

Regardez-moi, Malka. Regardez bien et dites-moi qui vous voyez, moi je ne le sais plus. Dites-moi si vous attendez Katriel comme je l'attends, moi. Katriel : était-ce même son nom ? Oui ou non, peu importe : c'était celui qu'il arborait pour conjurer une menace, pour se concilier une présence occulte. Parfois, épanoui, il l'invoquait lentement, solennellement : il le sondait, il le savourait. D'autres fois, courroucé, amer, il le lâchait à brûle-pourpoint, comme pour s'en débarrasser. La nuit, dehors, il en faisait une complainte, un chant d'adieu, et s'en servait pour ouvrir une brèche en lui-même, ou encore, pour aller au bout d'une vision, d'un élan. Le jour, il y voyait un jouet, un habit. Rares autant qu'imprévisibles, ses absences étaient de courte durée. Quelques instants, à peine. Le temps d'entrer dans la conscience d'autrui, de se ressaisir : Katriel, il ne faut pas. Alors, une lueur incertaine, déchirante, montait dans ses yeux. Et celle-ci n'avait pas de nom.

Mais je m'aperçois que je parle de lui au passé, je ne devrais pas. Katriel est parti, il peut encore revenir. Un jour, il en aura assez et il resurgira, sous un autre nom ou sans nom, plus mystérieux que jamais, plus invincible aussi, et se mettra à raconter à Katriel les aventures de Katriel. Serais-je donc venu trop tard ? demandera-t-il. En pleurant et en riant, Malka, vous lui ferez signe que oui : tu es venu trop tard, beaucoup trop tard.

Et le mendiant, qui l'aura attendu jusqu'à la fin, ne pourra que renchérir : trop tard pour rire, trop tard pour pleurer. C'est pour le lui dire qu'il séjourne ici depuis plus d'une semaine, plus d'un mois. Frileux, les épaules rentrées, il se sent vieux, plus vieux que les vieillards, ses Maîtres d'autrefois, dont la bénédiction le tourmente encore : « Un jour, fils, les fous en toi seront apaisés. Et ce jour-là... » Ils

183

moururent en lui léguant leur promesse inachevée. Depuis, il ne cesse de leur réclamer une suite, une fin : « J'ai parcouru la terre pour aboutir en cet endroit où le temps enfin m'absorbe au lieu de m'expulser ; abreuvé de légendes recueillies de votre bouche même, je les habite et y insère les miennes ; destins et frontières, je les traverse et les ramasse. Mais la clef du repos, pourquoi l'avez-vous confiée à Katriel ? »

Et vous, Malka, pourquoi reculez-vous ? N'essayez pas de m'attirer par la peur. Ni par la pitié. Votre vie n'est pas en danger, c'est un mendiant qui vous l'affirme, et lui voit ce qui se dérobe à vous. A l'inverse d'Adam, à qui Dieu permit de plonger dans l'avenir et de connaître jusqu'au dernier de ses descendants, moi je vous montrerai le passé et ses origines. N'ayez pas peur d'écouter. Quelqu'un chante : c'est David pleurant la mort d'Avshalom. Quelqu'un pleure : c'est Jérémie prédisant la destruction de la cité dite indestructible. Quelqu'un crie : c'est rabbi Akiba exorcisant le malheur en riant. Quelqu'un se fait murmure : c'est Yehuda Halevi, amant et poète de Sion, dont l'âme pénètre dans la pierre qui en préserve le frémissement ; c'est un enfant qui interroge son grand-père : il est écrit que la *Shekhina*, la présence divine, jamais ne quittera Jérusalem, mais il est également écrit qu'elle a suivi les Juifs, tous les Juifs, en exil : n'y a-t-il pas là contradiction ? Et le grand-père de répondre : cela prouve que la *Shekhina* est présente même dans la contradiction.

— Que veux-tu, qu'attends-tu de moi ?

Vous ne le savez pas, Malka ; moi non plus. Le mendiant ne vous demande pas l'aumône ; il n'en aurait que faire. Il vous demande simplement de le regarder, de bien le regarder ; il en a besoin pour se situer, aussi pour se définir. Regardez-le et dites-moi si son visage lui appartient et s'il n'appartient qu'à lui. Lui ne s'en souvient plus. On le lui a peut-être volé comme on lui a volé ses autres points de repère. Si seulement il pouvait imaginer Katriel tué ou muet, tout deviendrait simple : il saurait ce qui lui reste à faire. Mais il en est incapable. La disparition de Katriel ne prouve rien, sauf que certaines histoires n'ont pas de fin. Et de commencement non plus.

Eh oui, Katriel mort, je saurais comment agir : je l'arracherais à la mort. Mais lui vivant, ai-je le droit de faire comme s'il ne l'était pas et parler, vivre à sa place ? Comment me convaincre que c'est sa volonté, et non la mienne, qui m'incite à relater ses souvenirs et ses obsessions, que d'ailleurs je distingue difficilement des miens ? Et puis, cette pensée qui revient toujours, qui glace le sang dans mes veines : et si c'était moi le mort, et lui le survivant ?

— Viens avec moi, me supplie Malka à bout de souffle. Laisse le passé tranquille. Les morts n'ont pas droit de cité à Jérusalem.

— Et Katriel ? dis-je, touché au vif.

— Laisse Katriel tranquille.

— Mais s'il revient ?

Malka ébauche un geste de découragement : tout a été dit.

L'aube se dissipe dans la brume. Ciel et terre s'embrassent avant de se séparer. Quelque part, un malade remue en gémissant : l'ange ne lui a pas encore volé les yeux. Un chien lance un aboiement qui se répercute, tel un appel lointain, mystérieux. Une veuve, pour se consoler, s'invente une raison d'espérer. Les guetteurs, sur les remparts, bavardent à voix basse. La ville se secoue, se découvre, vaque à ses occupations. Ohé, veilleur, où en est la vie ? Où en est la victoire ? Parti, le veilleur. Mais je ne répondrai pas à sa place.

Quelque part, un conteur se penche sur une photographie prise par un officier allemand amateur de souvenirs. Elle montre un père et son fils, au milieu d'un troupeau humain, se dirigeant vers la fosse où, dans un instant, ils seront fusillés. Le père, la main gauche sur l'épaule du garçon, lui parle doucement, tandis que de sa main droite il désigne le ciel. Il lui explique la bataille que l'amour livre à la haine : Tu vois, mon enfant ? Nous sommes en train de la perdre. Et comme le garçon ne répond pas, son père continue : sache, mon fils, que s'il y a une souffrance gratuite, elle est celle qui procède de la volonté divine. Qui tue, devient Dieu.

185

Qui tue, tue Dieu. Chaque meurtre est un suicide dont l'Eternel est éternellement victime.

Et le survivant, dans tout cela ? Il finira par rédiger sa requête, qu'il fourrera dans les fentes du Mur. Adressée aux morts, elle leur demandera de prendre en pitié un monde qui les a trahis et reniés. C'est qu'ils sont puissants et vengeurs, ils peuvent tout se permettre.

Mais rassurez-vous, allez. Une page est tournée. Les bêtes dans le cœur des hommes ont cessé de hurler, de perdre leur sang. La malédiction ici est révoquée, son règne est clos. On n'accède plus à la gloire, ni à la sainteté, en tuant ou en se faisant tuer. Les guerriers sont rentrés dans leurs foyers, les morts dans leurs tombes. Les orphelins réapprennent à sourire, les vainqueurs à pleurer. Oui, la guerre est finie et le mendiant le sait. Il est seul, et cela il ne le sait pas.

La place s'emplit. La foule habituelle : badauds, visiteurs, guides. Par ici Messieurs, dépêchons Mesdames. Pour la millième fois, dans toutes les langues imaginables, j'entends les mêmes explications débitées sur un ton faussement excité. Voyez la mosquée du Rocher : c'est d'ici que Mahomet et son cheval s'envolèrent au ciel. Et voici le Tombeau du Christ. Pleurez, admirez, ajustez vos appareils, souriez : merci. Allez, prenez un air ému, ébahi : merci, merci.

Les vêtements froissés, la bouche pâteuse, Malka ne prête aucune attention aux groupes organisés. Elle pourrait faire semblant d'y chercher Katriel ; elle ne le fait pas. Elle pourrait me caresser les tempes endolories et me dire que toutes les blessures se cicatrisent et se soignent ; elle s'en abstient et je lui en suis reconnaissant. Elle sait, comme moi, que ce serait en pure perte. Elle ébauche un sourire timide :

— Tu veux que je m'en aille ?

— Oui.

— Tu veux que je revienne ?

— Oui.

Elle dit « bon » et se lève. Elle arrange sa jupe, se recoiffe de son fichu et me quitte sans un regard. Je la vois évoluer dans la foule qu'elle traverse d'un pas décidé, comme si elle savait où aller et qui rencontrer. Et je me revois le jour de notre mariage : il n'y avait que dix personnes, le *minyan* requis pour la cérémonie. Des étrangers. Au bord des larmes, je lui avais dit : nos invités n'ont pas pu venir.

« Quand ton histoire te sera contée... » Eh oui, la prédiction s'avère juste. Cette guerre aussi aura scandé la vie de plus d'une personne. Quelqu'un est mort en moi, j'ignore encore qui c'est. Mais je sais ceci : que Katriel soit vivant ou non, peu importe ; je désapprendrai à être jaloux de son passé, jaloux de son innocence. Maintenant, il s'agit de continuer. Cela prendra du temps, de la patience : le mendiant sait attendre.

Un de ces jours, il lui faudra pourtant se décider, mettre un terme à son attente et s'en aller à son tour. Où ira-t-il ? A la maison, mais il ignore encore où c'est. Une femme se prépare à l'accueillir, il ignore toujours qui c'est. Demain, ou la semaine d'après, il lui faudra bien revenir sur ses pas et y effacer leurs traces, mais il a oublié le chemin du retour : nul ne s'y engage impunément.

Vainqueur, lui ? La victoire n'empêche pas la souffrance d'avoir existé, ni la mort d'avoir sévi. Comment œuvrer pour les vivants sans, par cela même, trahir les absents ? La question reste posée et nul fait nouveau ne l'éliminera. Certes, le mystère du bien n'est pas moins inquiétant que celui du mal. Mais l'un n'annule pas l'autre. Seul l'homme est capable de les réunir en se souvenant.

En acceptant l'ambiguïté et le dédoublement, le mendiant aimerait parfois perdre sa mémoire ; il n'y parvient point. Au contraire : elle ne cesse de s'élargir, de s'enfler, de s'encombrer d'événements et de visages, au point que le passé d'autrui s'y confond avec le sien propre. A force de survivre, il ne sait plus qui sont ses alliés, ses fantômes, ses guides, et s'il leur doit fidélité : pour lui tout est question, y compris le miracle qui le maintient en surface.

Voilà pourquoi je reste encore sur cette place hantée, dans cette cité où rien ne se perd et rien ne s'éparpille. Transition nécessaire, indispensable. Pour reprendre souffle. Pour m'accoutumer à une condition dont la nouveauté donne encore le vertige. Pendant ce temps, je ne compte pas les heures et les hommes. Je les vois passer, le mendiant en moi pourrait les retenir ; il les laisse passer. Il pourrait les suivre ; il les laisse passer. Katriel a peut-être existé et il ne l'a pas suivi.

Après tout, les histoires comme les êtres, ont tous le même commencement.

Jérusalem 1967 — Christiansted 1968.

IMP. FIRMIN-DIDOT, PARIS-MESNIL-IVRY. — 1525
D. L. 4ᵉ TR. 1968. — Nᵒ 2195-5